直木獎名作
淺田次郎
經典新譯

✦

鐵道員

ぽっぽや

葉廷昭／譯

目次

○鐵道員 005
○情書 049
○惡魔 089
○老街區 125
○伽羅 167
○盂蘭盆會 205
○窩囊的聖誕老人 243
○獵戶座的邀約 259
○後記：奇蹟的故事 296

乘 車 券

1995-11-30　　18:35　發車

前往 ▶ 鐵道員

3號車5排A座　　JR-KIHA12

列車駛離美寄車站月台，在通往幌舞的單線鐵路上行進。離開市區的這段路上，還有一條並列的主線鐵路。

單輛運行的柴聯十二型列車，被玻璃帷幕的度假特快車輕鬆超前。

也不知道是時程表編排有問題，抑或鐵路公司刻意安排給觀光客欣賞，特快車上的乘客都擠在窗邊，欣賞著單線鐵路上依舊沿用國營時代紅色車身的柴聯車。過了一會，列車來到路線分歧點，幌舞線接下來會往左拐一個大彎。特快車的玻璃帷幕內，不少乘客把握機會拍照留念。

晚上六點三十五分出發的柴聯十二型列車，是今天最後一班通往幌舞的列車。通往幌舞的列車每天只有三個班次。

「哼，裝模作樣自以爲高級。還拍照咧，有啥好拍的啊？對吧，站長老爹？」

特快車在雪地中漸行漸遠，年輕的駕駛員回頭瞄了一眼，抬頭仰望助手席上的仙次。

「你說啥傻話啊？咱這輛柴聯十二型列車，現在可是貴重的文化財產好唄？還有其他地方的人特地跑來欣賞這玩意呢。」

「啊照你這樣講，這條路線怎麼會被廢掉？」

「還用問嗎？當然是跟成本、運輸效益之類的因素有關吶。」

駕駛員笑了，還豎起大拇指往肩膀後方比畫兩下。只有一節的車廂根本沒客人，昏暗的日光燈下只看得到並排的綠色座椅。

「欸，眞不像美寄中央站的站長大人會說的話呢。」

「此話怎講？」

「我說老爹啊，幌舞線的運輸效益本來就不高吧。我幹駕駛員也四年了，學校放假哪一次不是空蕩蕩的？所以啊，我就搞不懂爲啥現在才廢線？」

「你問我我問誰？要不是過去有運輸之功，這條線也不會撐到現在吧。你小子也是幌舞在地人，又不是不知道以前那裡有多繁榮。」

這條路線的終點站幌舞，自明治時代就是北海道知名的礦業城鎭，過去也相當繁榮。總長二十一．六公里的路線，就有六個車站。開往主線的蒸氣火車上，總是載著滿滿的煤礦來來往往。而今，只剩下載高中生上下學的單線列車行駛，中途的所有車站都沒乘客了。最後一座礦坑停止開採，也都過十年了。

「幌舞車站的乙松先生好像今年要退休了，所以才廢線的吧？」

「不要連你都學副站長說蠢話啦。札幌那邊的高層會考慮到這種小事嗎？」

柴聯十二型列車開到無人的北美寄車站，還是得做做樣子停下來。

「哎呀，月台的雪要鏟掉才行啊，這裡特別容易積雪。」

「你就別管了。該出發了，發車！」

仙次照樣站在助手席上，扯開嗓子催促發車。柴聯列車發出震耳欲聾的運轉聲，再次開進雪地當中。

仙次兜起制服外套上的毛領，想起剛才聊的話題。

「你講的這事也跟我息息相關啊。乙松今年要退休的話，那明年就輪到我囉。」

「老爹，你會去管理新站大樓吧？」

「你聽誰說的啊？」

「不用聽誰說啊，美寄站的站員都知道。大家都說，明年春天新站大樓完工，老爹你就會過去那邊了。」

「別胡說八道，我還在考慮呢。叫我穿西裝打領帶，跟其他地方來的百貨員工一起對客人鞠躬哈腰，我可難受。」

「老爹你這樣不行啦。實在是吼，真的是幹一輩子鐵道員都沒變。就跟以前蒸氣火車的駕駛員一樣，只差沒拉汽笛了。」

年輕的駕駛員舉起左手，搞笑地做出拉汽笛的動作。

仙次漫不經心地望著柴聯列車的駕駛台，上頭塗了好幾層漆。

他的目光停在「北海道旅客鉄道」的牌子上。當初國營鐵路事業分割民營化，全國的民營鐵路名字都差不多，唯獨北海道改用「鉄」這個怪字，一般大眾也沒注意到。不是用「鉄道」二字，而是「鉄道」。（編按：日文鐵道為「鉄道」。）

JR北海道有許多虧本的路線，剛起步就面臨經營困難的窘境。而「鉄」這個字拆開來看就是「失金」，用別字代替也不是怕觸霉頭，純粹是希望不要再賠下去了。但「鉄道」二字——怎麼看怎麼怪。

「那我怎麼辦吶，老爹？我也不想去跑主線啊。」

「爲啥不想？」

「跑主線的都是新型列車，我又不懂。是說，萬一他們叫我去顧小賣店，或是改行去煮拉麵，我也不願意啊。」

「放心啦，這架老古董你都開得動了，開新幹線你也沒問題啦。你可要好好感謝這架老古董啊。」

「不是嘛，我沒開過時速五十公里以上的玩意，光速度不一樣就嚇死我了。」

仙次用手套擦掉玻璃上的水珠。

列車爬上緩坡，群山稜線映入眼簾。每穿過一個小隧道，風雪就越大。

「我說老爹啊，明天得派除雪車出來吧。」

仙次盯著車燈照出的光芒，感覺自己誤入了陌生的童話世界。他把手肘靠在配電盤上，凝神注視前方的光影。

「等一下開到幌舞，你趕快回去吧。不然半路遇到大雪回不去，新年期間機廠也沒人能幫你。」

駕駛員眼巴巴地望著仙次腳邊的酒瓶。

「那在幌舞住一晚不就好了？」

「別說傻話了，最後一班上行列車要是有乘客怎麼辦？」

「哪來的乘客啊？」

列車抵達了兩座山頭之間的車站。站前盡是荒廢的民房，連個燈光都看不到，更遑論乘客了。

「我去找乙松先生可不是去拜年的。你自己想一想，兩個老頭子聚在一起會聊什麼？不然你要跟我們一起喝酒，哭哭啼啼道別是嗎？你說啊？」

「呃……我開玩笑的啦，老爹。別這麼認眞嘛——要出發囉，發車——」

「喔喔，聲音很宏亮嘛。」

「我是學乙松先生的。」

視線越過冰川，遠方已經看得到幌舞的燈光了。幌舞後邊還有黑漆漆的小山輪廓，都是過去挖礦傾倒廢土堆積成的。

「鳴汽笛吧。大概會晚五分鐘到，不要讓乙松先生在月台乾等。」

舊時代的汽笛聲響徹群山，似在喟嘆柴聯列車命不久矣。

從隧道的圓形出口望去，幌舞車站就在前方。白雪靄靄的終點站，背景坐落著採礦場的廢棄建築，以及形狀像怪物的輸送帶。

駕駛員和仙次指著臂木號誌，共同進行指認呼喚應答。探照燈照亮紅磚砌成的月台，往年停滿敞車和列車的調車場，如今成了一望無際的雪地。

「你看，老爹。好像童話故事的場景喔。」

列車開過軌道的聲音，聽起來也有些模糊。年老的幌舞站站長，提著油燈站在細雪紛飛的月台上。

「我們都通知晚五分鐘到了，乙松先生還站在那等，外頭氣溫零下二十度耶。」

乙松站在月台邊，厚實的國鐵外套積了一層雪，深藍色站長帽的帽帶，也端正地套在下巴上。只見他以挺拔的姿勢，舉起戴著手套的手掌，對著列車進來的方向做出指示。

「乙松先生眞帥氣啊，簡直就像一幅畫。」

「你啊，年輕小伙子沒大沒小，不會叫站長嗎？看仔細了，那才是眞正的鐵道員。現在那些ＪＲ站長跟他沒得比，連制服都不穿了，只會窩在車站的辦公室裡。」

「唉……我看到都快哭了。」

駕駛員踩下汽笛，拉起煞車。柴聯十二型列車發出震天巨響，總算在終點站停下了。

月台上只積了薄薄一層雪，都是列車遲到這五分鐘還沒清的。乙松的長靴踩在雪上，慢慢走了過來。

「喲，老乙，這裡好冷啊。不好意思，我們遲到了。」

仙次咧嘴一笑，走入月台。

「沒事，別介意。新年快樂啊。」

「謝謝，也祝你新年快樂。其實呢，我本來是想陪你一塊過年，沒想到秀男那小子帶孩子回來了。」

「是喔，秀仔也當爹啦？這麼說來，阿仙你不就當爺爺了？長孫一定很可愛吧？」

啊。」

「那當然啦。」

仙次總覺得自己在對乙松吐出白色的毒霧，便用手套遮住嘴巴。

「我是有找秀男那小子來跟你拜年，但他們明天就要辦公了，還請你多多包涵啊。」

「好說好說，秀仔當上札幌總公司的課長，忙一點也應該啦。你跟他說，叫他不用放在心上。」

「春暖花開前，我一定叫他來給你賠不是。那小子剛進公司的時候，還誇說只要自己有一口氣在，一定保護幌舞線不被廢掉，結果卻搞成這樣。眞是不好意思啊，都怪我教出了一個不成材的廢物。」

仙次脫下帽子，露出光禿禿的腦袋致歉。

「阿仙，別這樣。你可是美寄中央車站的站長，你道歉我怎麼承受得起呢。」

乙松表現出一副誠惶誠恐的樣子，繞過仙次身旁，探望列車駕駛座。

「辛苦啦，要來站裡暖暖身子嗎？」

駕駛員答話時盯著仙次低頭道歉的背影。

「雪下得挺大，我要回去了，站長。」

「這樣啊……哈，你叫我站長，一定是阿仙吩咐的吧？站長這個稱號，我聽著彆扭，整個車站也沒其他站員啊。」

乙松從背後抽出指揮用的小旗子，彎下鶴骨松姿的高眺身板，拍拍仙次的背。

「阿仙，你是不是又胖了？」

「有嗎？」仙次總算抬起頭來說話。

「可能新年吃太多了吧。我帶了一點伴手禮，是我老婆要給你的。」

「哎呀，眞是多謝，總算有過年的感覺了。你先進去吧，我送完上行列車就過去。」

乙松要送最後一班列車折返，仙次也沒多逗留，直接跨過鐵道走向車站。

幌舞車站保有大正時代的典雅韻味。候車室空間寬敞，天花板也特別挑高，上頭還有幾根橙黃色的大梁，三角形的天窗鑲崁著浪漫的彩繪玻璃。

木製驗票口的牆壁上，還掛著活像失物招領般的國營鐵路時代車輪標誌。每張長椅都是老古董，散發著黯淡的光澤。

仙次心想，好歹留下這棟建築吧。他在煤油暖爐邊烘手取暖，久站的身子終於能坐下來休息一下。

寂靜中，響起了列車的汽笛聲。

「讓你久等啦——嘿，你瞧瞧，旁邊的雜貨店也關門了。」

乙松進入車站，捲起小旗子指著站前的方向，身上還帶著雪的味道。

「咦？真的耶，老太婆她怎麼啦？」

這附近唯一一家苦苦支撐的雜貨店，壞掉的屋簷沒修，連燈也沒開。

「她兒子在美寄買了間公寓，總不能把年過七旬的老太婆撂下吧？現在可好啦，我這車站也得賣些香菸和報紙了。」

「得了吧，老乙。你一個人要賣票，還要打掃環境、保養線路。何苦連小賣店的生意都往自己身上攬？」

「話不能這麼說。幌舞這裡還有百來戶人家，而且都是老頭子和老太婆，總會需要看報紙吧？」

辦公室傳來哀傷的演歌，感覺車站都要被廢土山的影子罩住了，仙次點了一根菸。

「好啦，來慶祝新年吧。我帶了札幌在地的酒，是秀男準備的。」

「不好意思啊，還讓你老婆準備一大盒年菜。我老婆走了以後，過年我也不知道要幹啥才好。」

「靜枝她走幾年了？」

「沒幾年，前年才走的，總覺得都過十年啦。」

「老乙，你寂寞嗎？」

「還好啦，這裡也有不少孤家寡人的老頭子和老太婆，不寂寞。把菸熄了，一起進去裡頭吧。」

喝酒之前，有件事得先說清楚。

「對了，老乙，我明年春天有機會拿到新站大樓的缺。」

「這樣喔，那挺好啊。」

「所以我是想，看你要不要也過來美寄這邊。新站是十二層樓的大建築，還有玻璃帷幕的電梯，而且是東京的百貨和ＪＲ共同出資的。那地方我來管，多少有資格提出一些任性的要求嘛。」

「哈，都說是任性的要求，那就別麻煩了。」

仙次知道自己用詞不當，一時語塞。

「感謝你啊，我心領就好。」

「老乙，這是為何？」

「那些新玩意太可怕了，我連電扶梯都不敢搭呢。雖說我們都是鐵道員，你有本事幹到美寄中央車站的站長，我怎麼跟你比呢。」

「老乙，你很擅長搞機械不是？」

「沒有啦，我也只懂鐵路的玩意。又沒受過正規教育，都是前輩拿著鏟子敲我，讓我從實做中學的。那些東京的百貨公司員工，也只會當我是個野人吧。」

話題一中斷，雪夜安靜得令人害怕。

「阿仙，我是很感謝你兒子幫忙說情啦。」

「沒這回事，那傢伙大專畢業還占著高級職缺，多少有些升遷的機會，但公司的經營方針他還無權過問啦。」

「是喔，那就好。」

乙松肩上的雪塊都要結凍了，仙次幫他拍掉那些雪塊，卻找不到話說。

「你老婆還硬朗嗎？」

「好著呢，一樣吃得肥嘟嘟的——」

仙次突然想起了不堪的往事。

他想起乙松喪偶時，在醫院的太平間低頭不語的模樣。仙次的老婆始終無法諒解，爲何乙松沒去見髮妻最後一面，甚至罵乙松是個薄情的人。

院方多次發出病危通知，乙松還是等到車站熄燈，才搭最後一班上行列車去醫院。仙次的老婆不斷打電話催人，卻催不到該來的人來見最後一面，也難怪她耿耿於懷。

當時，乙松穿著被風雪冰凍的大衣，在妻子旁邊低頭不語。仙次的老婆推搡乙松，質問他爲何連一滴眼淚都沒掉？乙松只是喃喃地說道：

「我是鐵道員，怎能爲自家人的事落淚呢。」

乙松緊抓住大衣下的膝頭，依舊連一滴眼淚都沒掉。仙次看著乙松，蒸氣火車的運轉聲和油煙味在腦海中鮮明回放。

「我說阿仙——」

乙松脫下帽子罩在暖爐邊，紅色的飾帶都褪色捲曲了。那是國鐵時代的深藍款式，上頭還掛著鐵輪的徽章。仙次頂著新的藍色帽子，一比之下反倒有些自慚形穢。

「怎麼啦？」

「先別管我了，說說那一輛柴聯列車會怎麼處理吧？」

「這個嘛，柴聯十二型列車好歹也是昭和二十七年（一九五二年）製的老古董，我們以前在蒸氣火車上鏟煤的時候，就已經有那玩意了。」

「所以，要當廢鐵處理囉？」

「那玩意也貢獻夠久了。」

柴聯十二型列車剛出廠值勤的那一天，他們都還記憶猶新。

當時，仙次手握粗繩打磨蒸氣火車的底部，乙松則在煤水車上鏟著煤礦。鐵道旁擠滿了村民和礦工，全新的柴聯十二型列車一出隧道，所有人像打了勝仗一樣高聲歡呼。

——天吶，阿仙！你快看，柴聯列車來了，是柴聯十二型列車！

乙松在煤水車上揮舞鏟子，群眾的歡呼聲不絕於耳，直到站長來月台收下路牌（譯註：維護行車安全的一種舊式憑證），歡呼聲才消停下來。

「哎，當年鏟煤的小伙子也快退休了，要一台列車再咬牙幹下去，也太苛求了。」

「老乙啊，那輛柴聯十二型列車，大概是全日本最後一輛了。好好商量一下，應該會有博物館或鐵路公園願意收下吧。」

「那也請博物館收下我，拿我去展覽吧。」

二人終於齊聲大笑。

「好啦，慶祝新年唄。」

月台的燈都關了，候車室中只有淡淡的雪光反射。

「哎呀，有人忘了東西。」

牆邊的長椅上放著一尊塑料人偶，雙手癱在兩旁。

「怪了，剛才還有個孩子在這裡玩人偶，不曉得什麼時候回去的。」

乙松衝出方正的候車門廊，在黑暗中環顧站前。

「是塑料製的丘比娃娃啊？還眞是過時的玩意，客人的嗎？」

「不知道，有個我沒見過的小女生，剛才一直在這玩。」

「喂，老乙，這附近怎麼會有你沒看過的小女生？」

「可能是過年回鄉的吧，沒準是搭車子來的。對了，差不多這麼大，長得很可愛，還背著一個紅色的書包。」

「還有背書包啊？」

「也許今年春天剛上小學，家人買給她的吧。眞的好可愛，就直挺挺地站在那，還一直叫我看，都不肯離開我旁邊呢。」

「老乙，你喜歡小孩嘛。」

乙松沒有孩子。

辦公室的後面有個三坪大小的起居室，還附帶廚房，那裡就是乙松住的地方。小小的佛壇上有一張父親的制服照片，還有老婆年輕時拍的照片。

仙次上完香，盯著照片好一會。

「老乙，沒你孩子的照片嗎？」

「沒有，才出生兩個月就走了。」

「叫什麼名字？」

「雪子，十一月十日初雪那一天生的，就取名雪子。阿仙，你以前是不是有說過，我們兩家應該結成親家啊？」

「喔，我想起來了。好像是秀男讀中學的時候吧，我問他以後要不要娶你家雪子，他還鬧彆扭不肯抱雪子呢。」

乙松和仙次圍著小圓桌，共飲沒熱過的酒。關掉收音機後，涓涓流水聲聽了挺煩悶。

「說來丟人吶，我現在還會算雪子的年紀。如果她還活著，也該十七歲啦。」

「畢竟是老來得子嘛，會牽掛也應該。」

「雪子出生的時候，我都四十三歲了，我老婆也三十有八。好不容易盼來的孩子，就這樣沒了，遺憾吶。」

乙松難得吐露怨言。

佐藤乙松察覺售票口有人，從睡夢中醒來。精準的掛鐘敲響了深夜十二點的報時聲。

「站長先生，站長先生？」

來者從壓克力板的開口處，溫柔地呼喚乙松。

「誰啊？這麼晚還跑來，是有人生了重病嗎？」

旁邊的仙次用坐墊蓋住腦袋呼呼大睡，乙松放輕腳步，生怕吵醒老友。打開窗簾一看，有個圍著紅色圍巾的女孩子，手肘撐在售票口上。

這孩子比昨天的小女孩大多了，但單眼皮的神韻很像。

「喲，妳是來拿忘在這裡的東西嗎？」

少女點點頭，乙松在睡衣外面套上一件棉襖，前往候車室見客。外面的雪已經停了，月光透入候車門廊，映出一道長長的光華。

半空中隱約聽得到寒風呼嘯的聲音。

「妳是那孩子的姊姊啊？」

乙松把人偶交給少女，少女嫣然一笑：

「我妹哭著說她的娃娃不見了。」

「妳眞是好姊姊。我在這一帶沒見過妳們，妳們打哪來啊？」

乙松猜想，這麼白淨漂亮的女孩子，肯定是大都會來的吧。

「我們是佐藤家的人，住在神社附近。」

「這樣啊。不過，這附近的人都姓佐藤，大叔我也姓佐藤。呃，妳說是神社附近的佐藤家，所以是賣油的那一戶？」

少女搖搖頭。

「那麼，妳是伊佐先生家的孩子？還是虎夫先生家的孩子？」

少女默默搖頭，似乎不太想回答這問題。想必家中的大人也告訴過她，這個村子只剩下風燭殘年的老人家吧。

「我們回來爺爺家過年。」

乙松決定不再深究：

「妳一個人走夜路太危險了。這附近雖然沒有熊出沒，但不小心掉進雪坑或是從土堤摔下去，可是會出人命的。我送妳一程，妳等會。」

「沒關係，不用麻煩了。反正沒多遠，月光也挺亮的。」

這少女應對得體，眞是個冰雪聰明的孩子。

「妳幾歲啊？」

「十二歲。」

「喔，那該上中學了吧？個頭有點小。」

「我才小學六年級，還沒上中學呢。呃，站長先生——」

少女欲言又止，踩小碎步忍著寒顫。

「啊，要上小號是吧？驗票口出去右轉就是廁所。妳等會，我幫妳開燈。」

乙松悄悄打開辦公室的門，按下配電盤的開關。電燈閃了幾下，照亮積雪的月台。

「呃，我一個人會怕，陪我一起去好嗎，站長先生？」

「好好，我陪妳去。」

少女稍微欠身，握住乙松的手掌。

「好啦，沒啥好怕的，乖。」

乙松牽起嬌小的手掌，不禁悲從中來。他把昨天那個小女孩，還有小女孩的姊姊，看成了無緣的女兒。現在的生活再三個月就要結束了，這也是他感傷的原故。

要不是雪子染上風寒，也該快快樂樂長大，而自己這個做父親的，也會每晚陪著女兒去上廁所吧。一想到是自己的工作害死了女兒，乙松的心好難受。因爲他讓女兒出生在連醫生都沒有的小村子，住的也是辦公室旁簡陋的小房間，房內經常透著寒風。

在廁所前等待少女的片刻，乙松茫然地凝視對面的月台。

十七年前，某個大雪紛飛的早晨，乙松就是在那個月台，送走老婆和她懷中的女兒。乙松像往常一樣，執行指認呼喚應答，送走妻女搭乘的柴聯列車。那天晚上，妻女同樣搭著柴聯列車回來，但襁褓中的女兒已經涼了。

「你女兒都死了，你還有心情揮舞旗子迎接列車？」

妻子抱著女兒跪在積雪的月台上，對乙松說出這句話。

那時候，乙松是怎麼回答的呢？

「我畢竟是鐵道員，除此之外也沒法做什麼。我不站在月台指揮，大雪中誰來引導列車呢？轉轍器也要有人操作才行，其他孩子放學後也等著回家。」

妻子反駁：

「是啊，你的孩子也回來了，變得像冰雪一樣，冷冰冰的回來了。」

夫妻生涯中，那是妻子唯一一次對乙松發火。

妻子將死去的女兒塞到他懷中，那重量幾乎令他站不穩，也是他背負了一輩子的沉重。他記得很清楚，那重量連冰凍的轉轍器都比不上。

另一道聲音也在記憶中浮現：

「伯父，雪子妹妹死掉了嗎？」

是秀男的聲音。那時秀男拋下身上的帆布包，擠到他們夫妻中間，從呆若木雞的乙松手上搶走雪子。

「天吶，雪子太可憐了。不是說要把她許配給我嗎？伯母，節哀啊。不過，伯父也是爲了大家揮舞旗子的，您就別埋怨他了。好嗎，伯母？」

乙松將難過的回憶揣入懷中，拉緊棉襖低頭不語。

他心裡想的是，等到春天失去鐵道員的身分，應該就能痛哭一場了吧？

「謝謝你，站長先生。」

「對了，這個拿去喝吧。」

少女走出廁所，乙松遞出懷中的溫咖啡：

「妳長得眞可愛，想必母親也是個大美人吧。我來猜猜，到底是誰家的孩子呢？」

「來，一人一半。」

「我就不必了，妳全喝光吧。」

乙松一直守望著村裡的小孩長大，可惜他們都離開家鄉了，每張臉孔都令人難忘。看別人家的小孩長大，已經如此窩心、如此充滿期待了，看自己家的小孩長大，不知該有多快樂？

乙松不肯離開這裡，主要是看到年輕女孩會觸景傷情。走過地下街，總會看到雪子長大後能用的物品。他曾去店頭拿起紅色的書包端詳，也買過小孩的圍巾和外套，但那些東西帶回來也沒意義，只好送給路過的小朋友。

少女喝光咖啡，拉拉乙松的袖子，招招手要他彎下腰來。

「怎麼啦？」

乙松彎下腰迎合少女的高度，沒想到少女一把抱住他的後頸，將口中含著的咖啡餵入他口中。

「我的媽呀，妳在幹麼，嚇我一大跳。」

少女在冰凍的月台上蹦蹦跳跳，一屁股摔倒後笑了：

「站長先生，我們接吻了耶。」

「喂，不要胡說八道。眞是，人小鬼大。」

「那我明天再來囉，拜拜。」

「好，拜拜。路上小心啊。不要走在馬路邊，不然會摔進坑裡。慢慢走好，知道嗎？」

少女雀躍地跑過驗票口，中途還多次回過頭來。

「妳啊，就跟妳說不要用跑的。」

乙松回到候車室，裡面空蕩蕩的連個人影都沒有。明晃晃的月光照入室內，彩繪玻璃的七彩華光，投射在泛黃的牆壁上，彷彿幻燈片的投影。

仙次打開房門，露出睡眼惺忪的憨樣：

「怎麼啦，老乙？天又還沒亮──喲，才十二點，也睡沒多久嘛？」

仙次望向時鐘，打了一個大哈欠。

「昨天那小女孩的姊姊，來替妹妹拿玩偶──咦？搞什麼呀，又忘了拿走。」

塑料人偶就放在長椅上。

「還會再來吧？」

「是啊。也不曉得是誰家的孩子，沒法替她送過去。」

月台上的雪反射淡淡的光華，仙次望著驗票口外的月台，一臉狐疑地問乙松：

「我說老乙，你是不是在做夢啊？大半夜的不會有小孩子跑出來吧？」

「偏偏就有啊，而且長得挺標緻，還古靈精怪的。大概是札幌或旭川的孩子吧？大都會的小孩晚上都不好好睡覺的。」

「可是，這大半夜的，你該不會碰上雪女了吧？」

「哈哈，要真是雪女，我早就變冰柱了。」

「啥？」

「沒事沒事……當我沒說。」

乙松抱著人偶回到辦公室，打開根本沒有東西可寫的旅客日誌，在辦公桌上做紀錄。

仙次一大早就搭柴聯列車回去了。當天下午，乙松接到總公司打來的電話。一開始聽到是總公司打來的，乙松不由自主地立正站好，但電話另一邊傳來熟悉又懷念的聲音。

「新年快樂，伯父。我是秀男。」

「喔喔，是秀仔啊。哎呀，對總公司的課長講話可不能隨便。你父親已經搭第一班列車回去美寄了。」

「我本來也想去拜年的，不巧要值班。」

「沒關係，別放心上。倒是好像給你添了不少麻煩啊，也多虧你的關照，我總算可以跟幌舞線一起退休啦。我跟你父親聊過，這樣的鐵道員生涯也算圓滿了。」

電話的另一邊沉默了。感覺秀男坐在總公司的辦公椅上，落寞地低下頭來。乙松只好裝出開朗的笑聲。

「呃，伯父。我剛才把相關文件寄過去了。只是沒先知會一聲很失禮，就打來跟您賠罪了。」

「不會啦。先不說這個了，你是不是有去找上面的說情啊？這樣會影響到你日後的升遷和發展吧？」

「沒有，我真的沒做什麼。倒是我爸，幾乎每天都來公司找上面的交涉。每年還從美寄的小鎮上，收集一萬多份連署呢。」

「喔……是這樣啊？阿仙都沒告訴我這些事，你沒說我還真不曉得。」

「他還刻意換下站長的制服，改穿國鐵時代的工作服，一到假日就在地下街，站一整天收集連署。我做人家兒子的，說這話也許不太恰當，我知道您有您的苦衷，但還請不要責怪家父。對不起，都是我太沒用的關係。」

「唉，別這麼說……你這樣我承受不起啊，課長。」

雙方都不說話，電話中只傳來秀男的鼻息聲。

「伯父，我是真的打心底感謝您的。」

「別說這麼肉麻的話，多不好意思啊。」

「沒有，我是認真的。不管颳風下雨還是下大雪的日子，都有您在幌舞接送大家，我才有辦法努力下去。我嘴笨不太會說話，總之您帶給我很多鼓勵。」

「這點小事哪能幫你考上好大學啊？高級職缺的考試也是你自己努力——」

「所以我說，我不太會表達，其實大家也是這麼想的。那些到東京打拚的同鄉，也沒有忘記您。」

「是嗎……這樣啊，欣慰欣慰。」

乙松掛斷電話，全身疲軟無力。

半個世紀的時光洪流，彷彿在這一刻統統壓到了肩上。乙松雙手撐在辦公桌上，好一段時間站著也不是、坐著也不是。

午後又下起了雪，綿密的飛雪幾乎把廢土山遮住。萬籟俱寂中，只有耳鳴聲活像列車壓過軌道的聲響。乙松抱著白髮蒼蒼的腦袋。

這時有人敲打出口的玻璃，乙松抬頭一看，外頭站著一個女高中生，頭髮綁成雙辮，拍著大衣上的雪塊。

「你好，站長先生。」

女高中生恭謹致意的模樣，看上去好眼熟。原來昨天那兩個小毛頭還有姊姊，這個姊姊也是來幫她們拿東西的，乙松的心情又好了起來：

「妳也是來幫妹妹拿東西的嗎？」

「看得出來嗎？」

少女戴著厚手套，雙手包住自己的臉頰，開懷地笑了。

「不用細看就知道了，妳們聲音和五官都很像啊。」

「昨天是我妹妹失禮了。對不起，站長先生。」

「不會啦，是我要感謝妳妹妹陪我打發時間。好了，快進來吧，那邊風大。」

少女在候車室內左顧右盼，似乎覺得很稀奇。厚實的梁柱和古雅的彩繪玻璃，令她發出讚嘆。少女的側臉好美，簡直光采照人。

「妳們跟家人回鄉過年啊？」

「是啊。」少女回身答話，及腰的髮辮像繩子一樣擺盪。

乙松發笑，他總算想通對方的來歷了：

「妳們是良枝小姐的孩子吧？円妙寺的良枝小姐。」

「嗯？」少女愣了一會，笑著問道：

「我們長得像嗎？」

「像啊，良枝小姐高中時跟妳現在是一個樣。哎呀，總算解開心頭的疑問了，我本來還琢磨著，妳們到底是誰家的孩子呢。妳們姊妹長得這麼可愛，再估算一下父母的年紀，除了佐藤良枝小姐，也沒其他人選啦。她以前功課很好，還當過美寄高中的學生會會長。好了，快進來吧。既然是熟人的小孩，那得請妳喝碗甜粥才行。」

少女打開辦公室的門，彬彬有禮地道謝。脫下的大衣也先摺好，才到暖爐邊烘手。大衣底下是深藍色水手服，配上白色領結。乙松看到少女的校服，吃了一驚。

「怪了，妳這一身制服，好像以前美寄高中的制服耶。現在不是換成西式制服了嗎？妳這樣看起來，跟良枝小姐簡直一個模子刻出來的。」

「北海道還有不少高中是穿水手服。」

往日回憶歷歷在目，當年這裡只剩下最後一座礦坑，候車室擠滿等車的高中生，氣氛熱鬧非常。每天早上大約有三十多個學生，男生都穿金色鈕釦的學生服，女生就穿水手服。乙松在發車前會先點名，妻子也常準備甜粥和甜酒給學生享用。

「這是我新年煮的沒吃完，請用吧。」

少女坐在墊高的地板邊緣，接下乙松遞上的甜粥。

「円妙寺的和尚眞好命，有三個可愛的孫子陪他過年，一定很愉快吧。」

少女用熱甜粥溫暖凍僵的雙手，回頭觀望內部的起居空間：

「您整理得很乾淨呢。」

「天性啦，反正白天也沒事幹。」

乙松隨口回答，心裡卻抱怨円妙寺和尚洩漏他的隱私。一想到自己年過六十孤家寡人，生活起居都被看光，怪難爲情的。

少女噘起花樣般的嘴唇，啜飲甜粥。不時皺起清秀的柳眉，凝視著乙松。

「怎麼啦？鄉下的站長很少見嗎？」

「沒有，不是的。我只是覺得，您的制服很好看。」

「妳說這一件？」乙松張開雙臂，秀出雙排釦的老舊大衣。

「其實有發新的，但穿慣的東西總是比較好。」

窗外的風雪越來越大了。

「糟糕，現在外頭風雪交加，妳也別急著走，雪都橫著下呢。」

少女沒有答話，乙松回頭一瞧，少女已經進入起居室，觀賞架上的收藏品。

「哇啊，是蒸氣火車的車牌耶。」

「喔？妳喜歡啊？」

「這個價值三十萬元喔。天吶，還有這麼多珐瑯的銘版。」

「眞看不出來，原來妳是鐵道迷啊？」

「我有加入學校的鐵道同好會，女生只有我一個就是了。」

「這樣啊，眞難得。」

乙松好開心。每年總有一、兩個熱愛鐵道的都會少年造訪幌舞車站。談起國鐵時代的美好回憶，對乙松來說也是莫大的喜悅。有時候雙方聊得投機，乙松還會留他們下來過夜。可惜沒有一個人願意再來。只有一輛柴聯車在跑的偏鄉路線，實在有些單調乏味，很難再勾起他們的興趣。

乙松興奮地介紹自己的收藏。這是珐瑯的路線銘版，那是列車的車牌，外加各種零件和老舊的車票。後來還講到路牌的攜行袋，以及其他車站沒有的手壓印字機。

「有看上眼的，妳帶走沒關係，反正——」

反正今年春天這裡就要廢了——但乙松沒有說出這句話。

「可是，我沒錢啊。」

「不用給錢啦。別客氣，儘管拿去。」

「眞的拿什麼都沒關係嗎？蒸氣火車的車牌也可以？」

「眞的啊，妳要拿什麼都沒關係。円妙寺的老當家以前也很關照我，那是我們家結緣的寺廟。」

少女吃完甜粥，自行跑到廚房，好像當成了自己家。

「不用這麼客氣啦，妳放著就好。」

少女在昏暗的廚房洗碗，水手服的背影宛若一朵嬌美的百合。

「大叔，再多聊聊嘛。」

乙松猜想，大概是円妙寺的和尚派孫子來關心，那好歹也打個電話通知一下嘛。

可是換個角度想，也許這是和尚的體貼吧。如果女孩沒來拜訪，乙松應該大白天就在喝悶酒，睡到傍晚列車到站才醒來。

該不會仙次跟和尚說好，輪流來安慰自己吧？乙松想到了這個可能性。

那一天幌舞的風雪很大，蓋過了時間和空間的概念。

老舊的車站，被寂靜無光的純白掩沒。

少女稱不上健談，卻很認眞聆聽老站長的每一樁往事，心中滿懷感動。乙松傾吐了半個世紀來的怨言和驕傲，能想到的每一樁事都說了，連他自己都感到意外。

老舊的制服底下，潛藏著許多凝重的記憶，伴隨著火車的油煙味和炭渣的粗糙手感，沉澱在他的心底。每說出一樁往事，乙松的心情就輕鬆一分。

乙松談到了過去景氣大好的時代，談到礦坑出意外，車站放了一大堆礦工的屍體。談到了勞資糾紛，警方還派鎭暴隊到場穩住局面。當然，也談到了礦坑逐一關閉，猶如燈火一一熄滅。

少女問他，最痛苦的回憶是什麼？乙松並沒有說出女兒死去的事情，畢竟那是隱私。失去女兒是佐藤乙松心中最大的痛，其次是失去妻子。然而身爲一個鐵道員，每一年在月台上送走離鄉打拚的孩子，才是最令他難過的。

「有的孩子比妳小兩、三歲，就掉著眼淚離開村子了。這種時候我又不能哭，只好故作堅強，笑著拍拍孩子的肩膀鼓勵他們，這才是最難受的。我就站在月台邊敬禮，一直到火車開走，連汽笛聲都聽不到了才放下。」

對了，當年仙次還是駕駛員，他也在火車上長鳴汽笛，替離鄉背井的孩子送行。

不管在什麼情況下，鐵道員只能用鳴笛代替哭泣，用揮旗代替握拳，用聲嘶力竭的呼喚應答代替縱情大吼。這就是鐵道員的苦衷。

「哎呀，沒想到聊了這麼久，末班車都快到了。等我做完工作就送妳回寺廟，這棉襖妳穿上，不然會感冒的。」

乙松把棉襖披在少女肩上，來到辦公室。他先穿上大衣，繫好帽子，提著油燈走出車站外頭，時鐘正好敲響七點的報時聲。

乙松俐落鏟掉月台的積雪，站到月台邊。隧道中已經看得到冒出來的光圈，堅固可靠的DD15型除雪車，突破層層大雪開來。

看著除雪車拖曳空蕩蕩的柴聯車現身，乙松實在過意不去。到最後，鐵道公司還是尊重他的任性要求，他也不好意思收退休金和獎金。

乙松高舉右手的提燈，左手指著列車行進的方向，壓抑心中的激情進行指認呼喚應答。

熟識的技工和年輕的駕駛員一同走下列車。

「喲，老友，今天風雪很大啊。要不進來抽根菸休息一下，喝碗甜粥再走吧？」

「你的好意我心領啦，老乙。不巧，我還要去主線除雪呢，你廁所借我一下就好——對了對了，這是機廠的一點心意。」

技工遞出一個漂亮的水果籃。

「你們太客氣了啦，還有三個多月呢，現在送餞別禮太早了吧。」

「不是啦，你就供佛壇上吧。」

話一說完，老少二人晃著肩膀跑向車站的廁所。

送走除雪車以後，乙松提著機廠給的水果籃走回站內。

剛才他只是故意裝傻，其實心底非常清楚人家送那一籃水果的用意。機廠裡的老朋友都記得他女兒的忌日。老朋友若無其事地送上供品，就像在遞交路牌一樣自然，乙松也默默收下他們的好意。

乙松站在木製的驗票口，摘下積了一層雪的帽子。聽著列車行進的聲音遠去，獨自在雪夜中低頭致謝。

這麼大的水果籃一個人也吃不完，等會送那孩子回寺廟，順便當供品吧。

「好啦，小姊姊我們走唄，記得帶上蒸氣火車的車牌。對了對了，別忘了人偶啊。」

乙松邊說邊打開起霧的辦公室大門，一看到裡面的情景卻呆住了。

（……老伴？）

不，不對。起居室裡，那個身穿紅色棉襖的背影，乍看之下很像他死去的髮妻。

「怎麼了，大叔？來吃飯吧。」

「咦？這些飯菜都是妳做的？」

「不好意思，我擅自用了冰箱裡的東西。」

「乖乖……才沒兩下子，妳就做了這些飯菜啊？」

小圓桌上有兩人份的魚乾、煎蛋捲，以及醬煮青菜。

「這些借我用好嗎？」

少女盛了一碗剛煮好的飯，笑盈盈地拿起另一副碗筷。

「這是我妻子生前用的，不介意的話就用吧——哎呀，大叔我眞是嚇了一跳，原來妳廚藝這麼好啊？」

「用電鍋太花時間，所以我用蒸鍋。只可惜泡水的時間不夠，飯吃起來可能有點硬。」

「不會啦，用冰箱剩的東西就能煮出這麼豐盛的一餐，妳眞是賢慧的好孩子，簡直像在變魔術一樣。那我就不客氣啦。」

「我的夢想是嫁給鐵道員，燒菜當然不能慢呑呑的呀。」

「嗯，妳及格啦。」

乙松喝了一口味噌湯，有種難以言喻的心情。髮妻做的味噌湯也是一樣的味道。

「好喝嗎？」

「咦……啊啊，好喝。大叔我只是太感動了。」

「爲什麼？」

乙松沒說的是，如果雪子還活著，也會承襲母親的手藝，煮好喝的味噌湯給他喝吧。每天送走最後一班列車，回到家裡也有這些溫熱的飯菜等他享用。

乙松放下筷子，正襟危坐：

「大叔我啊，實在太幸福了。我做事總是任性而爲，還害死了自己的妻小，但大家都很照顧我，我眞的很幸福。」

「眞的幸福嗎？」

「當然吶，我死而無憾了。」

這時候電話響了，乙松套上拖鞋來到辦公室：

「喂？啊，和尚你好，新年快樂。抱歉啊，一不小心就跟你孫女聊了這麼久。哎呀，你孫女眞可愛，她還煮飯給我吃呢。」

円妙寺的和尚不是打電話來關心孫女晚歸的，一陣牛頭不對馬嘴的對話過後，和尚問乙松今年的法會要怎麼辦。

電話掛斷後，乙松落寞地坐在椅子上，不敢回頭。和尚說的話一直在他耳朵打轉：

「老乙啊，你是不是老糊塗了？良枝和她的孩子都沒回來啊。」

乙松拿起桌上的塑料人偶，觸摸著泛黃的蕾絲洋裝。

「竟然還有這樣的事……」

售票口的玻璃上，映照著少女愧疚的倒影。

「……爲啥騙我呢？」

冰凍的窗戶外，發出了雪塊碎散的聲音。

「我怕嚇到你，對不起。」

「我怎麼會嚇到呢，世上哪有父母害怕自己的女兒？」

「對不起，爸爸。」

乙松仰望天花板，再也忍不住淚水：

「所以，妳從昨天就一直讓我看妳長大的模樣？傍晚背著書包現身，就那樣端莊地站著讓妳老爹欣賞是嗎？昨天半夜，妳又長大了一點，現在則穿著美寄高中的制服，讓我看妳這十七年來平安長大的模樣嗎？」

少女的聲音，如同雪花落地般沉靜：

「因為，你從來沒遇上什麼好事情，我也沒有機會好好孝敬你們就去世了。」

乙松緊緊抱住手中的人偶：

「我終於想起來了，這個人偶是妳媽哭著放進妳棺木裡的。」

「嗯，我一直很珍惜，這是你去美寄買來給我的對吧？上頭的蕾絲洋裝是媽媽縫的。」

「妳知道嗎……妳去世的那一天，我還在月台鏟雪。我甚至還在這張桌子上寫日誌，寫著『今天毫無異常狀況』。」

「爸，你是鐵道員，那些都是你必須做的，我沒有放在心上。」

乙松轉過椅子面對女兒。她披著棉襖的細肩縮得好小好小，臉上還露出哀傷的笑容。

「好了，一起吃飯吧。吃完飯去泡個澡，泡完我們父女倆一起睡吧，雪子。」

那一天的旅客日誌，乙松照樣寫上「毫無異常」。

半夜雪停了，幌舞的廢土山上升起了一輪皎潔的銀月。

「天啊，我第一次看到幌舞線這麼多人，都客滿了呢。」

年輕的駕駛員提著車掌包走在月台上，觀望柴聯列車內部的客座。

「那當然，四十五年來認眞執勤的站長去世，一般達官貴人的喪禮可沒法比。」

「是說，乙松先生他……啊，說錯了，是幌舞的站長才對。他的表情很安詳呢，希望我也能跟他一樣。他就倒在積雪的月台上，手裡還握著指揮的旗幟，嘴上也銜著口哨呢。」

「夠了，別再說這件事了。」

仙次進入駕駛室前，在月台邊踩了踩腳下的雪。乙松就是在這裡倒下的，他陪乙松過完寂寞的新年，道別時人還好好的，隔天早上就撒手人寰了。是第一班除雪車發現乙松倒臥在月台上。

「你那一晚也在除雪車上對吧？」

「是的，我跟機廠的道雄先生一起駕駛除雪車。」

「當時老乙有什麼異常嗎？」

「沒有啊，看上去還很有精神。他眞該去做健康檢查的——啊，對了，說到站長當天的狀況……」

「怎麼啦？」

「天啊，我想起來了。我跟道雄先生一起借用廁所，我想順便打個電話給女朋友，就瞄了一下辦公室，結果裡面有備好的飯菜，而且還是兩人份的。」

「兩人份的？」

「我看得都起雞皮疙瘩，乙松先生沒人陪他吃飯啊。」

「這也沒啥大不了吧？有客人來拜訪他，這一點也不奇怪啊。」

「沒有沒有，過去乙松先生的夫人還在世的時候，也請我吃過幾次飯。所以我知道其中一副碗筷是夫人的，而且啊，夫人的紅色棉襖也放在坐墊上頭。我是剛好瞄到，眞覺得毛骨悚然。」

「你想太多啦，他有說村裡的孩子跑去找他玩。」

「會不會是死神來接他啊？」

「說什麼傻話，世上哪來小巧可愛的死神？大概是老乙犯糊塗了吧。妻子去世，退休年限到了，車站也要廢了，碰上這些打擊任誰都會犯糊塗唄。」

「嗯。剛才円妙寺的和尚也說了，乙松先生最近好像有點怪怪的。」

仙次環顧幌舞周邊的群山，放晴的天空像潑了油彩一樣湛藍，和舊時代的紅色柴聯列車相得益彰。

「老乙也算壽終正寢啦。在一片雪景中等著第一班列車到站，結果腦溢血一下就走了，也沒折磨到──喂，這趟我來開，我要送老乙一程。」

「咦？老爹你要親自駕駛？」

「你擔心啥？我開過蒸氣火車十年，柴聯列車也開過十年，技術比你穩多了。好啦，快讓開。」

仙次一把推開駕駛員，坐上柴聯列車狹窄的駕駛座。

「客人看到我駕駛一定會嚇到，你把簾幕拉上──喂，老乙，上車了嗎？」

客座擠滿了身穿制服的站務人員，乙松華美的棺木就擺在通道上。

「是，已經上車了。話說，用柴聯列車送乙松先生到美寄的火葬場，真是個好主意。太浪漫了，這是最好的供養儀式了。只不過，我從明天開始要駕駛這輛空蕩蕩的柴聯列車整整三個月耶。」

「你在擔心什麼啦？人家道雄今晚就要住在那裡當代理站長了。」

「好恐怖，光想就害怕。」

仙次打開老舊的眞皮車掌包，拿出乙松的遺物。他戴上手套，繫好帽簷變形的深藍色國鐵帽。混著油氣的男人味，令仙次精神爲之一振。

「該出發了，發車！」

仙次扯開嗓子，進行指認呼喚應答。

手指標向前方的臂木號誌，炫目的午後陽光映入眼簾。

車站前方有手動的轉轍器，還有打上鉚釘的枕木，調車場的軌道也都生鏽了。幌舞多年來未曾改變的景緻，終於慢慢有了不一樣的氣象。

駕駛老舊柴聯車的手感，傳入仙次的掌心。兩個知己與鋼鐵爲伍的往事，也占據了仙次的心頭。

「老乙，你可看好啦，我倆一起送這老古董最後一程吧。」

「老爹，不要害我哭啦。」

駕駛員站在助手席上，抽著鼻涕。

仙次緊咬著嘴唇勸戒自己。無論世道怎麼改變，我們永遠是鐵道員。鐵道員就該鳴放單調的汽笛聲，揮舞著鐵腕筆直前進。所以，我們不能像平常人那樣哭泣。

列車開進隧道，強而有力的運轉聲震耳欲聾。

「老爹，這柴聯列車的聲音聽起來果然舒服啊！新幹線和北斗星的鳴笛聲也不錯，但只有這傢伙的聲音會讓人落淚！也不知道爲什麼，我聽著就哭了！」

「你還太嫩了，聽到這聲音會落淚，代表你還差得遠呢。」

仙次每次快掉下淚水，就挺直背脊，用力踩下柴聯列車的汽笛。

乘 車 券

1995-11-30 18:35 發車

前往 ▶ 情書

3號車5排A座 JR-KIHA12

1

在非法成人影視店當代理店長，被抓到了不起就是關幾天，就算遇到嫉惡如仇的檢察官起訴，也不過罰錢了事。

風險不高，薪水又不錯，被抓了還能拿到撫卹金。就當每年去拘留所放幾天假，怎麼說也比當酒保划算。

換句話說，只要口風夠緊，別把幕後老闆供出來就行了。高野吾郎在歌舞伎町混了二十年，什麼好事壞事沒見過，這份工作對他來說無疑是天職。

被放出來的那一天，吾郎離開新宿警署走在回家路上，這座看不出季節變化的城市，竟然多了一絲春天的味道。

這次他被拘留了十天，本來還擔心事情很難善了，結果也是緩起訴就放人了。刑警和檢察官的說教，他才不放心上，但季節悄悄地改變，反倒讓他有些感傷。

吾郎想過，四十歲就要過正經的生活。當初逼近三十大關的時候，他也有過同樣的念頭。但辭去了酒保一職，只剩下打雜的工作可幹，他先後在成人影視專賣店、電玩店當了八年的店長。照這樣幹下去，再來就是在八大行業拉客，或是當剝皮酒店的經紀人了，這可得好好斟酌。吾郎個性八面玲瓏，偏偏就是膽子小了點，他實在不認爲這些工作適合自己。

傍晚的歌舞伎町又悶又熱，吾郎一走進人群中，立刻脫下身上的皮夾克，那是他唯一一件稱頭的衣服。都快四十歲的人了，也不是沒門路去八大行業，但他已經太習慣穿夾克和牛仔褲，這身裝扮可不適合去拉客。得穿西裝打領帶，裝出一副值得信賴的模樣。一想到每天要穿得正經八百，心情就鬱悶難當。況且，還要另外花錢治裝呢。

十天前被警察抄的成人影視專賣店，已經換好新的看板和裝潢重新開張了。新雇的店長是誰呢？門上貼了掩人耳目的貼紙，吾郎從貼紙旁邊的縫隙看進去，櫃檯有個年輕人百無聊賴地看著影片，是生面孔。

吾郎察覺身後有人靠近，腦袋就被對方拍了一下。

「你幹麼，吾郎？」

原來是保安科的刑警，他們剛才在新宿署的刑事單位打過照面。

「咦？派人盯我喔？完蛋了。」

「不是啦，誰有那個閒工夫專門盯你啊。」

刑警邁步前進，順便把吾郎拖離店門口。

「有件大事忘了告訴你，我才搭警車追來的。是你四處閒晃走得太慢，我還比你早到。反正你一定會來這裡嘛。」

「什麼大事？」

吾郎又不是混黑道的，照理說也不是警察的眼中釘，不可能剛出來又被抓進去關。難不成警方有其他案子要問話？吾郎已經做好保持緘默的心理準備。

「你這傢伙也真麻煩，何不直接加入黑道，打什麼雜啊？你要真加入黑道，大是大非也好分個清楚。」

「我才不當流氓。跟您相比，處理組織犯罪的刑警太恐怖了。」

穿大衣的刑警一手勾住吾郎的脖子，將他拖進巷弄裡。

「好啦，來抽根菸吧。」

「我戒菸了，抽菸對身體不好。」

刑警嗤之以鼻，拿出一根菸叼在嘴上。刑警用身體擋住路人的視線，不讓吾郎暴露在眾人的目光下，嘴裡吐出煙圈。

「你老婆啊，去世了。」

吾郎愣住了，一時不明白這句話的意思。

「你腦子清醒一點，吾郎。我說的是你老婆，你的妻子。」

「……喔喔，這樣啊。」

吾郎找不到其他話好說。去年夏天，有熟識的道上弟兄要求幫忙，他才假結婚娶了一個來日本工作的外籍女子。

「今天早上千葉縣警聯絡我們。我看看喔，叫什麼名字啊——」

刑警打開記事本：

「叫白蘭，是個好名字呢。那位叫高野白蘭的女子病死了，你去接走遺體吧。媽的，這種事也要我們警察管。好啦，該說的我都說了，你快去吧。」

刑警寫下承辦警署的電話和聯絡人，交給吾郎後準備離去，似乎不想再有瓜葛。

「呃……是我要去領啊？」

「這不是廢話嗎？我不管你們是假結婚還怎樣，我們警方也懶得管。總之，我已經告訴你了，這一屁股屎你自己擦乾淨啊。」

「你這樣講我也——」

「你不處理也行，我交給管組織犯罪的去辦。到時候你認識的弟兄爲了這點小事被抄，你的小命也不保。吾郎，認命一點啦。」

話一說完，刑警走入了人群之中。

吾郎仰望巷弄裡狹窄的天空，嘆了一口氣。眞是飛來橫禍啊，但仔細想想，也沒什麼好奇怪的。那個死在千葉的女子，雖然跟自己素昧平生，但戶籍上好歹是他的老婆。

「眞倒楣……」

這個老婆是去年夏天佐竹強迫他娶的，只好先去佐竹的事務所一趟。

佐竹興業是某個大組織的下游團體，圈內大大小小的黑道事務所，少說有一百五十多個，佐竹興業算是起步較晚的。

歌舞伎町的利益關係錯綜複雜，幾乎沒有明確的地盤分界可言，卻又維持著不可思議的平衡狀態。照理說，後進團體根本沒機會分一杯羹。然而，佐竹專門做人力仲介生意，所以才能在泡沫經濟後起家，而且只靠十幾個年輕弟兄就做出一番成績。

換句話說，佐竹賺的是人才派遣的錢。當然，他們所謂的「人才」，是指離鄉打拚的外籍黑工。吾郎這幾年的工作也是佐竹關照的，總而言之，從拘留所出來了得去打個招呼才行，下份工作也得靠佐竹幫忙。

新宿職介中心大道的對面，有一棟老舊的公寓，佐竹興業的事務所就在那棟公寓裡。三層樓的公寓才九戶，其中有三戶是黑道事務所，剩下的用來關押女性外籍黑工。

吾郎剛到東京發展的時候，這一帶都是住酒店公關和酒保，氣氛也還算活潑。如今走在這裡只覺得閉塞陰鬱，彷彿一整年都擺脫不了梅雨糾纏，應該不是自己終日混吃等死、虛度光陰的關係吧。

吾郎在走廊下行進，每道門前都疊滿了外送的碗盤。吾郎按下事務所的門鈴，對著門上的監視器露出笑容。

「我是吾郎，勞您關照了。」

來開門的年輕人，之前多次奉命去拘留所探視吾郎。

「啊，吾郎大哥辛苦了，請進吧。」

年輕人的眉毛和髮線剃得很高，一看就知道本來是混暴走族的。按規矩，輩分最低的組員要假冒被拘留者的親屬，送一些食物和替換衣物，警察也不太追究。

舊式公寓內部格局狹長，前後各三坪大小，前面的空間是年輕小弟的起居室，還放了上下鋪，後邊才是辦公室。從擺設就看得出來，佐竹這位新生代的老大，有相當嚴謹的一面。

「社長，吾郎大哥來了。」

佐竹在鐵製的辦公桌前敲打文字處理器，抬頭看了吾郎一眼，表情活像個銀行職員。

「喲，辛苦你啦。來，先坐下——阿聰，去泡杯咖啡，吾郎老弟都喝美式。」

吾郎看小弟去廚房以後，直接表明自己的來意：

「剛才保安的刑警告訴我——」

「我知道，我這邊也有接到電話，是千倉那邊出事了對吧？」

「千倉？……啊，對對對，是千葉的千倉地區。」

吾郎從外套口袋拿出刑警給的便條，千倉在千葉縣的哪個位置，他一點頭緒也沒有。

「這可怎麼辦呢？那邊的警署指名要我去處理。」

「還用問嗎，吾郎老弟。也沒其他法子啊，我一個外人總不能出頭吧。」

「不過，您有接到電話不是？」

「警察只問我有沒有遇到你，他們說你老婆死了，我還嚇了一大跳。之後才想起來，應該是那個女的嘛。」

年輕人端了一杯即溶咖啡過來。

「是美式咖啡嗎，阿聰？」

「是的。」

「對了，你也陪吾郎老弟一起去吧。兩人作伴也好有個照應，你就假扮吾郎老弟的姪子，知道嗎？」

「請先等一下，社長。」吾郎急忙探出身子叫停。照現況來看確實只能這樣處理，但事情實際辦起來沒那麼容易。

「我沒見過那個女的，萬一警方或醫院問我話，我答不出來啊。」

「這我知道啦，你別想得那麼複雜。」

佐竹從辦公桌拿出資料夾，翻著厚厚的文件好言相勸：

「你運氣算不錯，戶口借完又歸零了，等於白白賺了五十萬不是嗎？未來你打算成家立業的話，死老婆總比離婚體面一點吧？沒打算成家也行啊，我馬上再介紹對象給你，這一次同樣五十萬如何？」

「這個嘛，要說是白白賺到五十萬也沒錯啦……」

「啊，找到了，康白蘭。你知道這名字中文怎麼唸嗎？ㄎㄤ ㄅㄞˊ ㄌㄢˊ，名字不錯對吧，南無阿彌陀佛。」

「ㄎㄤ ㄅㄞˊ ㄌㄢˊ……」

「舊姓是康，現在結婚了，改叫高野白蘭啦。老公在新宿代管影視專賣店，夫妻都要工作眞辛苦。對了，反正你老婆的履歷都在這上面，慢慢記就好。再來呢，有照片、戶籍謄本、住民票、護照影本，文件都齊了。怪了——這是什麼？」

文件中間夾了一個水藍色的信封，上面用娟秀的漢字寫著「高野吾郎收」。

「啊啊，瞧我都忘了。吾郎老弟你被抓的那天，我收到這封信。也不曉得是情書還是遺書，我都給你裝進去了。」

塞滿文件的牛皮紙袋上，還放了捆好的一百萬元。錢一放下，佐竹立刻收起笑容：

「五十萬是體恤你被關的錢，剩下的五十萬給你支付醫藥費和喪葬費用，實際要付的可能會多一點，但也差不多是這個價。沒問題吧，吾郎。」

直到吾郎帶著阿聰離開事務所，佐竹都沒再給過好臉色。

2

高野吾郎先生。

昨天早上，我突然肚子痛，就坐救護車來醫院了。那時候已經跟客人分開了，所以沒有關係。我拜託旅館的人，救護車就來了。

狀況好像很不好，我就寫信給中國的老家和吾郎先生。晚上偷偷寫的，痛到睡不著才寫信的。可是，我明天應該寫不了信了，所以趁晚上偷偷寫。

謝謝你跟我結婚，謝謝。

十月和十二月的時候，入境管理局有派人來。好在我和吾郎先生結婚了，不用去入境管理局和警察局，就一直工作了。

這裡的人都很好，事務所和客人都很好，大海和山都很漂亮，也很好。我想一直在這裡工作。

謝謝，我只想說這個。這邊聽得到海的聲音，吾郎先生聽得到嗎？大家都很溫柔，吾郎先生跟我結婚，你最溫柔。

謝謝，多謝，晚安。

白蘭

「你認識這女的嗎？」

特快車駛離東京車站的地下月台，吾郎問阿聰。

「認識啊，是我送她到千倉的，除了她還有另外兩個人。那兩個人簽證都過期了，去年就被強制遣返。」

吾郎打開女子的履歷，一九七一年生，他很不習慣看西元的年分。

「一九七一年生，幾歲啊？」

「呃，我是一九七八年生——大概二十四還二十五吧，不會差太遠。」

「上面一堆我看不懂的漢字，什麼鬼都看不出來。她還待過上海的日語學校？她會說日文嗎？」

「會喔，講得不錯。有那樣的語文能力，其實不用去千葉，留在新宿賺也行，可惜她身體不好。」

「有宿疾？」

「嚴格講起來，那些外國人大多都有病啦。不是愛滋病，再不然就是肝臟出問題，好像是病毒性肝炎。又都不去看醫生，很快就肝硬化，年紀輕輕一下子就走了。吾郎大哥你知道嗎？他們都偷偷帶著奇怪的中藥，以爲喝下去病就會好。」

「你很清楚嘛。」

「畢竟是生意啊。」

阿聰稍微鬆開領帶，得意地聊著工作上的甘苦談，脖子上的領帶跟他的娃娃臉並不搭調。對這些仲介人力的黑道來說，女人就是商品，要花不少心力管理她們的健康。

「也不是多嚴重的病，早點帶去醫院都還有救啦。只是，他們害怕打黑工被抓包，死都不肯就醫。又沒有健保卡，看醫生也得花不少錢。所以就忍到腹腔積水，被客人嫌棄。會上救護車的通常都沒希望了。」

「她也一樣嗎？」

阿聰靠過來看信上的內容。

「哇，這字也太漂亮了，文章倒是不怎樣。」

「廢話，人家來自漢字的發祥地耶。」

「……這內容，挺催淚的呢，還感謝你好心娶她。」

「也不知道我是做好事還是做壞事。」

「人家都感謝你了，應該是做好事吧？」

列車駛離地下隧道，灣岸的高樓大廈也開始點燈了。春天的雨水，在車窗縫上一條條斜斜的水線。

「吾郎大哥，我們都沒帶雨傘耶。」

「所以我才說明天早上再去，不要急急忙忙趕去啊。」

「可是這樣很奇怪啊，自己老婆死了，還拖到明天才去處理。」

「你們沒人有駕照就對了？」

「不巧大家都很忙，都在日本各地跑。」

「早知道就拜託你們社長了。」

「不行不行，我們老大被那邊的警察看到就完蛋了。」

服務員推著餐車過來，吾郎買了一罐啤酒。

「我不會喝酒，喝烏龍茶就好。我說吾郎大哥，請不要喝太多喔。你是老婆死了趕去認屍的，喝醉了可不好辦。」

「不喝酒我哪幹得下去啊？你自己想想看，我今天好不容易放出來，本來應該大肆慶祝一番才對吧。」

啤酒滋潤了乾渴的喉嚨，卻蓋不過不公不義的苦楚滋味。

「眞是夠了，到底是什麼狗屁因緣事情才會搞成這樣啊？我超無辜的好嗎，那個女的我從來沒見過，名字也是今天才知道。叫我跟不認識的女人結婚也就罷了，結婚以後關我屁事啊？而且第一次見面就是去認屍？這根本漫畫情節吧，有沒有搞錯啊——」

吾郎滿口怨言，順手抽出牛皮紙袋裡的照片，頓時安靜了下來。

「這下可好……喂，阿聰，就是這女的？」

那是用來辦護照的小照片。

「看起來很漂亮吼？我送她去千倉的時候，她就坐我旁邊，我看得都心動了。

眞人可比照片更漂亮，我還打算偷偷去她店裡玩呢。」

康白蘭，這個秀雅的名字，如同音符般迴盪在吾郎耳裡。

「佐竹老大也眞不厚道，早跟我說是個美女，我就眞的跟她結婚了。」

「吾郎大哥，那不可能啦，我們畢竟是做生意的。除非你肯扛下她的債務，外加一些雜七雜八的賠償金。而且啊，她的債務很嚇人，光是預支的款項就有三百萬，再算上她未來賺錢的潛力，還有各種手續費用，你即使出兩倍的價碼，社長也不會同意的。」

「照你這樣講，佐竹老大不就虧大了？」

「虧倒是不至於，但未來的計畫都被打亂了。社長一接到警方的電話就抓狂，其他大哥也不敢留在事務所。是說，他直接丟一百萬給你，連眉頭也不皺一下，眞是太大氣了，我好崇拜他喔。」

外頭雨勢變得更大了。

絕大多數的乘客都在木更津下車了，列車漸漸駛離明亮的煉油廠區，在黑壓壓的海岸邊行進。

剩餘的乘客也在館山下車了，終點站千倉的月台上，只有吾郎和阿聰兩人。綿密春雨罩住了一旁的燈光。

狹窄的候車室連個人影也沒有，長椅上躺著一隻灰色的貓咪。吾郎不敢相信，現在才晚上八點而已。

車站外頭停了一輛計程車，司機靠在方向盤上，打量著旅客要不要搭車。

阿聰從電話亭跑了回來：

「要先去這邊的事務所拜碼頭，這是規矩。」

「這不太妙吧，人家問什麼，我可不知道該怎麼回答。」

「吾郎大哥不用去，我去打個招呼就行了，到時候你在車子裡面等吧。」

「你一個人夠力嗎？」

阿聰似乎聽不慣吾郎的口氣，皺起了幾乎剃光的眉毛：

「兩邊老大有先談妥了，現在只是去打個招呼，告訴人家我們到了而已。」

吾郎心中打了個問號，事情有這麼簡單嗎？陰雨綿綿的車站外頭，只有幾家居酒屋的霓虹燈亮著，空氣中還帶著些許海潮的味道。

吾郎懷疑自己是不是在做惡夢？要是自己一覺醒來依舊在拘留所，這故事講給其他難兄難弟聽，肯定能逗他們發笑吧。

不過，從現實的角度來看——吾郎想像著那個緣慳一面的妻子，去年夏天來到千倉車站的景象。對一個女人家來說，來到這座黑漆漆的終點站，象徵著墮落到地獄的底層吧。

「打個照面應該很簡單吧。」

吾郎說服自己不再多想，坐上了計程車。

車子沒多久就開離了站前的住宅區，來到一片滿是田地和雜木林的區域。車子開在緩坡上朝海岸行進，黑暗中不時有其他車輛的光源往來，恰似夜空中的流星。那一帶應該是海岸大道，松林的另一邊就是大海吧。

「吾郎大哥，這地方不錯吧？」

阿聰穿著並不搭調的雙排釦西裝，用手肘擦拭玻璃窗，語氣頗有哄吾郎開心的味道。

「哪裡不錯啊？烏漆墨黑的什麼也看不到。」

「這一帶沒有度假旅館或公寓，大多是別墅和員工宿舍。所以海岸也沒啥遊客，我夏天來這裡玩的時候，整天都跟她們一起游泳。」

「跟誰游泳？」

「就那些女的啊，我買泳裝給她們穿，就在那邊的海岸游泳。白蘭好像是穿深藍色的比基尼吧。」

「是喔，那眞是可惜了是吧。」

吾郎忍不住反嗆，隨即閉上嘴巴不再說話。他察覺自己的心態有問題，滿腦子都是那個素昧平生的妻子，害他心情變得很黯淡。阿聰並不在意，或許以爲吾郎在開玩笑吧。

「菲律賓的女人個子都很矮，中國人身材比較高䠷，腿也長。看上去跟模特兒一樣，膚質也不錯。她們三個第一次來海邊游泳，玩得可快活了。」

吾郎的腦海中，浮現了白蘭在浪濤中玩水的模樣。藍色比基尼的雀躍身影，在豔陽下一定很耀眼吧。

海岸大道前有一家店鋪，車子開到店門口停了下來。這棟雙層建築漆成純白色，凸窗裡的燈泡閃爍不停。牆上還掛了一塊看板，光看名字就知道不是做正經生意的。霓虹燈管在朦朧煙雨中，發出了滋滋的聲音。

阿聰請司機稍待片刻，自己爬上一旁的鐵製樓梯。這家店的一樓是酒吧，二樓應該是事務所兼住宅吧。正對大海的窗戶還吊著沒收的內衣褲，都被雨淋濕了。

「店開在這地方有客人來嗎？」

司機脫下帽子，打著哈欠答話：

「還不少呢。末班車開走以後來這裡等，都會碰到要去汽車旅館的客人。」

「都在地人啊？」

「沒有，在地人不來這裡的，怕被認識的看到。大多是釣客，不然就是來養護設施休假的人。」

來釣魚順便買春也算聰明。前一晚跟女人去開房間，隔天一大早搭船出海，這種玩法很懂得利用時間。至於大企業員工來養護設施休假，只要有臭味相投的夥伴一起尋歡，也比去溫泉旅行有趣多了。

「日本到處都有這種地方啦，又不是東京繁華的都會區，警察也不太管事。小地方也沒其他娛樂，大張旗鼓地取締也沒意義啊。」

五分鐘後阿聰下來了，還眞的一下就談妥。

「對方問我要不要帶走白蘭的私人物品，吾郎大哥你應該不需要吧？對方說沒有值錢的東西或存款，實際怎樣我就不知道了。」

來工作應該有賺到錢，不可能身無分文吧？但吾郎不認爲自己有資格計較。總之，從去年夏天算起，白蘭在這裡生活了八個月。

計程車在海岸大道轉彎，朝警署的方向行進。從後車窗望去，松林中的白色建築彷彿一道飄渺的幻影。

車子開到一棟小警署前，吾郎也緊張起來。他用手指練習書寫白蘭的名字，反覆背誦資料上的出生年月日。

會緊張也無可厚非，他才剛從新宿警署出來還不到半天。

「警方會不會做身家調查啊？這下不妙，我今天剛出來她就死了耶。」

「放心啦，又不是吾郎大哥殺的。倒是，你有帶什麼可以證明身分的東西嗎？」

吾郎沒有駕照和護照，也沒有信用卡。他掏了掏夾克的暗袋，裡面只有一張健保卡，帶在身上也不是怕生病或出意外，純粹是去地下錢莊借錢會用到。

「健保卡行嗎？」

「啊，那個就夠了，上面應該有老婆的名字吧？」

那是新的國民健康保險卡，聽阿聰的說法，吾郎才知道被保人一欄有妻子「高野白蘭」的名字。

「都忘了還有這東西能用，健保卡一定派得上用場，去醫院也要結清一些費用。」

這裡是安穩的小港都，警察也沒太多疑心。櫃檯的女警跟銀行女職員一樣，臉上帶著和藹可親的笑容。

吾郎告知自己的來意，女警一臉同情地看著二人。實際拿文件出來應對的，是另一名中年的巡查長。看對方身上的名牌，跟刑警寫下的負責人姓名不一樣。原本的負責人大概下班回家了吧。

「呃，您是女子的丈夫是吧？」

「是的，我姓高野，內人給各位添麻煩了。」

警察訝異地打量吾郎，接著又望向一身行頭的阿聰：

「這位是？」

「是我兒子。」

吾郎覺得這樣比較自然，心直口快就說出來了。從他的年紀來看，有這麼大的兒子也沒啥好奇怪。

「您的兒子？應該不是往生者的兒子對吧？」

「是我前妻的小孩，我們很疼他的。」

阿聰在櫃檯下方踩了吾郎一腳，意思是叫他不要多嘴。

「有帶身分證明文件嗎？」

「健保卡可以嗎？」

警察抄寫上面的保險字號和住址。

「怪了？上面怎麼沒您小孩的資料？」

「這孩子是跟我前妻的。前妻的新對象不是好東西，家庭關係不太和諧，所以他跟我這任妻子反而比較好。」

阿聰踩得更用力了。吾郎想證明自己和白蘭的關係，證明他們是真正的夫妻，哪怕扯謊也在所不惜。

「我跟前妻的糾紛好不容易處理完，正打算來接她。沒想到才一段時間沒見，她的身體狀況竟然變得這麼差……她是不想給我添麻煩吧……她就是這樣的女人。」

阿聰有意開溜，吾郎一把抓起他的手，才知道他在發抖。

「唉……看來你們也有自己的難處，請節哀啊。呃，我告訴你們是哪家醫院。」

阿聰總算緩了一口氣，警察攤開地圖指示醫院的位置，沒有再深究下去。

「那再來就麻煩你們自己處理了，辛苦啦。」

吾郎心想，這一切也太馬虎了。他想起這十天來，每個來問話的刑警，以及對他冷嘲熱諷的看守員警。吾郎和那個素昧平生的妻子，活著的時候受盡百般追查，死了以後卻只有一句「辛苦了」。

「你們警察這樣就完事了嗎？」

警察正要離去，疑惑地回過頭來。

「不需要多做說明嗎？你們不用做筆錄或什麼文件？」

「啊啊，沒那個必要。」

「爲什麼？」

吾郎頂著一張臭臉，阿聰趕緊拉拉他的袖子。

「你問爲什麼……畢竟死因沒有可疑之處啊，除非人死了以後才被發現，或是急症送到醫院二十四小時以內死亡，否則我們警方是不介入的。換句話說，只有死因不明確的狀況下，法醫才會來相驗，進一步解剖鑑定。您的夫人沒有什麼需要釐清的啊。」

吾郎正要回嘴，阿聰硬把他拖離櫃檯。

「不好意思，事出突然，我爸情緒有點激動。好了，走吧。」

吾郎差點就要說出眞相——我假結婚賺了五十萬，那個女的我根本沒見過。她來自一個連大海都看不到的中國鄉村，被黑道當商品轉賣，身上背了一屁股債跑不掉，連醫生都沒得看就死了。你們都不覺得奇怪就對了？什麼叫沒有需要釐清的？這有問題吧？

「吾郎大哥，別這樣，你到底是怎麼了？」

二人一衝出玄關，阿聰就壓低音量質問吾郎。

「不是啊，你們都太不當一回事了吧？佐竹老大也是，開那家店的老大也是，還有你也一樣，拜託！人都死了耶。」

「吾郎大哥，不要胡說八道啦，振作一點。」

「警察還說沒有需要釐清的疑點，怎麼會不需要釐清？一個中國女人莫名其妙死在這種黑漆漆的外國偏鄉，然後一個自稱丈夫的人冒出來認屍，難道不可疑嗎？到底有哪一點釐清了？」

「整件事很清楚啊。」

阿聰把吾郎推進計程車裡。

「最好是啦，哪裡清楚你跟我講？媽的那些警察，為什麼都沒起疑心啊？人死了就不關他們的事就對了。」

「不是啦，其實警察也知道是怎麼一回事。吾郎大哥，你仔細想想，這邊的警察都聯絡東京的警署和我們事務所了，他們怎麼可能不清楚？早就摸透了好嗎。」

「那我為什麼沒被抓？還有你跟佐竹，為什麼沒被抓？」

「我哪知道啊，無法可管吧？」

「少講屁話，隨便一條賣春、非法勞動、誘拐監禁都能辦吧？我只是賣Ａ片給好色之徒就關了十天，爲什麼人死了大家反而無動於衷啊？是我們害死那個女的吧？」

阿聰啐了一聲，不再理會吾郎：

「拜託你別鬧了，吾郎大哥。這樣太難看了，才被拘留十天發什麼瘋啊？」

計程車開在陰雨綿綿的海岸線上，一路朝醫院前進。

那是一家大型的綜合醫院，很難想像小小港都會有這麼好的醫院。

根據司機的說法，好像是當地仕紳有意推行美式醫療，所以網羅了一流的醫師團隊和最先進的醫療器材。不只東京的大學醫院會轉介病人過來，連外國也有人聞風而來。

值班醫生的說明也很馬虎，緩解肝硬化造成的腹腔積水後，病人的狀況起先很穩定，不料第三天靜脈瘤突然破裂，就回天乏術了。病人意識清醒的那段時間，始終不願意聯絡家人——也就是不想給吾郎添麻煩。

小有年紀的女護理師，帶二人來到太平間。太平間比他們想像中的還要明亮整潔，二人坐在鐵椅上等待，擔架床從走廊推了過來。

「請別擔心，尊夫人的大體狀況很好，我們這裡是用美式的大體保存技術。」

擔架床推到房間中央，醫護人員掀開塑料布，底下現出一張美麗的容顏，美得不像已經死去的模樣。

「我們會先抽掉身上的血液，再灌入防腐固定液。剛才還放在冷凍櫃裡，所以摸起來冷冰冰的，但氣色很不錯對吧。」

眞是漂亮的女人，一想到這是自己無緣的妻子，吾郎忍不住捧起那失溫的臉頰哀哭。

護理師合掌告退，阿聰怯生生地晃著吾郎的肩膀：

「振作一點啦，吾郎大哥，你到底是怎樣啊？」

吾郎也知道自己不正常，他從小到大幾乎沒有哭過。

「這女的是很可憐沒錯啦，但你也沒必要哭啊？這下難辦了，吾郎大哥，你入戲太深了是吧？」

吾郎自己也不曉得，爲什麼一個陌生的外國女子死去，會讓他肝腸寸斷？這個疑念才剛從心底冒出來，眼淚就跟著決堤了，吾郎像野獸一樣哀號痛哭。

「我們還有很多事要處理，明天得去公所辦理手續，火葬完還要拿回遺骨。不然我打電話給葬儀社，剩下的我來處理，沒問題吧？」

阿聰嘆了口氣離開太平間，護理師拿來一張折疊床和毛毯。

「不嫌棄的話請用吧，休息一下比較好。」

吾郎終於明白自己爲何難過，他在列車上讀了那封信後，精神狀況就不太正常了。

他跪在擔架床邊，抬起頭不再靠著妻子的胸口。設在地下的太平間，有一扇連接戶外的窗戶，雨水打在窗口上，還聽得到海浪的聲音。

信中的文字再次襲上心頭。

這裡的人都很好，事務所和客人都很好，大海和山都很漂亮，也很好。我想一直在這裡工作。

謝謝，我只想說這個。這邊聽得到海的聲音，吾郎先生聽得到嗎──？

這些話只給吾郎一個念頭，原來自己在這沒血沒淚的地方，整整打滾了二十年。

當晚，他做了夢。

夢到自己捨棄已久的北國故鄉。

鄂霍次克海一退潮，潟湖中會現出一座小島，島上有大量的花蛤和牡蠣，都是漁民賴以爲生的天然恩賜。

即使外海的流冰漂來，湖水也不會結凍，依舊看得到潮汐變化。小漁村雖然沒有娛樂，村民倒也豐衣足食。

兄弟二人乘著小船划向岸邊，哥哥對吾郎說：

「吾郎啊，你娶的媳婦眞漂亮。不枉費你在東京辛苦尋覓二十年吶。」

「哎呀，大哥你這樣講我不好意思啦——喂！我在這邊！」

白蘭就站在岸邊的小屋前，對吾郎揮手，腳邊還有兩個小毛頭在玩耍。

「長得漂亮，個性又好，虧你有這福氣。」

「大哥，我打算回來這定居，行嗎？」

「沒問題啊，反正花蛤和牡蠣多到吃不完，多你們一家四口也沒關係啦。」

「是說，爸媽會原諒我嗎？我都沒回來參加他們的喪禮。」

「別介意啦，他們最後放心不下的，也只有你。你肯回來，他們一定很開心。」

船首靠上霧氣繚繞的岸邊，整艘小船也停了下來。

「怪了，他們跑哪去了？白蘭，白蘭！」

吾郎在岸邊徘徊，尋找自己的妻小。回頭一看，潟湖已被籠罩在大霧之中。

「吾郎——」

吾郎聽到白蘭清新悅耳的聲音，雙腳卻陷進乾燥的沙地中，難以動彈。

「喂，你們到底在哪裡啊？」

吾郎雙手招在嘴邊，大聲呼喚妻子。

「吾郎——」

吾郎循聲追人，爬上沙丘。

「吾郎，我已經去世了，沒法跟你一起生活了。」

「哪有這回事啊，我好不容易下定決心回來，爲什麼妳要說這種話呢？我一定會認眞賺錢養家，讓妳過幸福的日子。連妳過去吃的苦，我都會補償妳的。妳不能死，來，我帶妳去醫院。我背妳去，我們一起去醫院，治好妳的肝。」

吾郎在大霧中蹲下來，等著妻子爬上他的背。

「已經沒關係了，吾郎。謝謝，眞的很謝謝你。」

低頭一看，腳邊竟有紫紅色的玫瑰。

「爲什麼？爲什麼妳會變成這樣？爲什麼我們不能一起生活？我再也不能跟妳一起吃飯喝酒，或是抱抱妳了嗎？」

花朵輕靈搖曳，似在傾訴花語。

「謝謝你，吾郎。我已經沒有遺憾了，客人都對我很好，而且你願意跟我結婚，你對我最好了。」

吾郎的淚水落在花瓣上：

「我哪裡溫柔啊？那些黑道、客人、警察，都聯合起來欺負妳不是嗎？我才是最差勁的那個，靠假結婚賺了五十萬，那筆錢沒三天我就花光光了。那五十萬妳還得賺皮肉錢來償還吧？明明過得很苦，還要拚命還債。我們這些人都是惡鬼，把妳吃乾抹淨的惡鬼，惡鬼怎麼會溫柔呢？」

吾郎擁抱沉默的花朵和大地，聲嘶力竭地喊道：

「妳不必再吃苦了，嫁給我好嗎？」

5

下著滂沱大雨的灰色海景，從特快車的窗外一閃而過。

放在腿上的遺骨，始終帶著一絲溫度。

「實在是吼，吾郎大哥，給我一點獎金也應該吧？所有事都丟給我處理耶。」

阿聰渾身無力地癱在椅子上，打著哈欠抱怨。

「讓你學經驗不錯吧？以後你在歌舞伎町幹這一行，也常會碰到這種事啦。」

「你再沒良心一點啦，媽的錢你在收，結果整天只顧著哭，我這個領死薪水的還得替你討好和尚。搞屁喔——啊，要喝啤酒嗎？」

阿聰跟服務員買了啤酒和零嘴，大口喝著還喝不習慣的酒精飲料。

「小心別被輔導員看到。」

「隨便他們啦，去感化院還好過一點——是說，吾郎大哥，你真的不認識這女的？」

阿聰用手指敲了敲遺骨箱。

「是啊，真的不認識。」

「怎麼可能啊？別鬧了，我不會告訴社長的，你偷偷告訴我就好，你們幹了幾砲？」

吾郎別過頭，眺望夜幕將至的大海。

「你們要是真的打過砲，我建議你去醫院比較好。昨天那個醫生也說了，病毒性肝炎沒有明顯的症狀。那句話是對你說的吧？被傳染就糟糕了。」

「就跟你說沒有了，我根本沒見過她。」

「騙肖耶，最好是啦。所以你都在假哭就對了？還趴在屍體上哭，去火葬場的時候也難過得要死，撿骨還邊撿邊哭，我都替你害臊了。」

「我演技有這麼好的話，早就闖出一番名堂了。我純粹是覺得她很可憐才哭的，淚水眞的忍不住。」

「……你這樣講我更難相信耶。」

「等你在歌舞伎町多混二十年，就會明白了。是說，我很懷疑你有沒有那個氣魄撐二十年。」

吾郎回想起冷清的葬禮會場。

一行人擠到火葬場的小房間裡，聽和尚隨便唸幾句經。幾個外國女人也有到場，衣服還穿得很隨便。她們沒人落淚，一看就是店主叫來的。

吾郎還記得用筷子撿骨時，那渾若無物的重量。其他女子嫌穢氣，不願幫忙撿。吾郎一個人抱著骨灰罈，把所有薄骨都撿完了。

總之，接獲佐竹的命令後，他們只用一天時間就把事情全辦完了。處理起來也確實不複雜，省去多餘的禮節和習俗，原來人死去就只是這樣而已。

對阿聰來說，唯一的麻煩就是吾郎出乎意料的情緒反應吧。吾郎自己也明白，阿聰生氣是理所當然的。

「喝點啦，吾郎大哥。你哭成那樣，也口渴了吧。」

生氣歸生氣，兩人的關係更加親密了。這個少年聰明又機靈，至少不會像他一樣，過著高不成低不就的人生。

吾郎也哭累了，啤酒灌入滾燙的喉嚨，冰涼的感覺在空腹中擴散開來，腿上的遺骨摸起來也更顯溫暖。

「那個啊——」阿聰咬著啤酒罐，想起了一個問題。

「社長會怎麼處理遺骨啊？送回中國嗎？」

佐竹應該不會這麼有良心。吾郎心知肚明，不管要送回中國還是找公墓安放，那都是他的職責。

「佐竹老大給的那筆錢，就包含這部分的處理費吧。這下該怎麼好呢？」

「跟我沒關係囉，拜託別再搞我了，吾郎大哥。」

吾郎舉棋不定，不知何時窗外已經看不到漁港了。在傍晚昏暗的天色下，遠方的煉油廠噴出橙色的火光，活像巍峨的碉堡。

「對了，來看看遺物吧，說不定有值錢的東西呢。」

阿聰從置物架上拿下紙袋，院方給的紙袋他們一直沒有打開來看過。

上面用潦草的字跡寫著「高野女士」，大概是護理師寫的吧。

阿聰撕開膠帶，拿出紙袋裡的所有東西。有一件單薄的大衣、尼龍材質的洋裝，還有銀色的小涼鞋。

「早知道就放進棺材裡一起燒了。這些東西帶回去也沒意義，乾脆送給那些愛黏人的妹子吧。」

「你別亂來，那不是你的東西。」

吾郎搶走紙袋，裡面掉出一個紅色的小包包。

「啊，是包包耶，裡面一定有錢。那些女的現金都帶身上。先說好我們平分喔，沒問題吧，吾郎大哥？」

包包裡只有少許的金錢，另外還有保險套和火紅色的口紅。

「只有三千元和零錢喔，眞寒酸。」

「都拿去啦。」

「謝謝，感恩喔。」

接著又掉出一個摺疊起來的信封，同樣是水藍色。一看到「高野吾郎先生收」這幾個娟秀的字跡，吾郎怦然心動。

「唉唷，又是情書喔？一定又說吾郎大哥最溫柔了是吧——」

阿聰話還沒說完，吾郎一掌甩在他鼻頭上。

「好痛，你幹麼啊？」

「誰叫你多嘴，滾一邊去啦！」

「……歹勢啦。」

阿聰悻悻然跨過走道，坐到另一邊的位子上。

吾郎打開信封，這封信跟昨天的信不太一樣，上面寫滿了密密麻麻的文字，而且字跡有些許凌亂。

給我最喜歡的吾郎，

我是趁四下無人的時候，偷偷寫這封信的。我躺在床上，只能用單手寫信，請原諒我字寫得不好看。

我來醫院以後一直沒跟人交談，用日文一定會被身家調查，所以我都故意講中文。

我應該是活不成了，這是醫生討論出的結果，他們以爲我聽不懂日文。而且，我認識很多女孩子也是同樣的命運，現在輪到我了。

溫柔的護理師努力用筆談的方式，詢問我家人的電話號碼。我說出了佐竹先生的電話，對不起。反正警察一定也知道我的來歷。

其實我對你並不陌生。佐竹先生有寫下你的個人資料，好比你的住址、年齡、個性、習慣、喜歡的食物等等。我都記下來了，萬一被警察抓才不會一問三不知。我每天反覆背誦，不讓自己遺忘。

我也有你的照片，四張同樣的照片。我一直帶在身上，我每天看你的照片，怕自己忘記你的長相。看久了，我也越來越喜歡你。可是眞的放感情，接客對我來說變得好痛苦。我接客之前，都會在心裡跟你道歉。實在對不起，我也無可奈何。

等我努力還完債務，有機會見到你嗎？有機會跟你一起生活嗎？我一直懷著這樣的夢想努力賺錢。可惜，這一切也到盡頭了。

照片中的你總是笑咪咪的。你不抽菸，酒也喝得不多，不喜歡跟人爭吵，而且愛吃魚不愛吃肉對吧。所以我也戒菸了，酒也只喝一點點，現在只吃魚，都不吃肉了。

雖然客人都很溫柔，但我工作時始終忘不了你，是眞的。我都把客人當成你，盡心盡力想要取悅你，也因爲這樣客人都很開心。

你的家鄉在大海旁邊對吧。我剛來這裡的時候，以爲你的家鄉很近，打開地圖來看才知道很遠，心情也失落了一下。不過，我們都是一樣的，都離鄉背井來到這裡工作，這是我們的共通點呢。

我死了以後，你會來看我嗎？

如果你來了，我有一件事想拜託你。

可以讓我跟你一起下葬嗎？我想以你妻子的身分死去。對不起，提出這樣任性的要求，但我只有這一個心願。

多虧有你，我才有機會賺很多錢寄回家裡。死很可怕，也很痛苦，但我會忍耐的，所以請答應我這個要求好嗎？

這裡聽得到海浪聲，外頭也在下雨，天色很暗。我躺在床上，只能用單手寫字，請原諒我字寫得不好看。

吾郎，我真的好喜歡你，你是我最喜歡的人。我哭不是害怕痛苦，而是想到你才哭的。每天晚上入睡之前，我都會看你的照片哭。每次看到你溫柔的表情，我就會哭。不是難過才哭的，而是出於感激。

對不起，我什麼都沒法給你，只有這些心意。連心意也寫得這麼潦草，對不起。

我是真心愛你，比任何人都愛你。

吾郎吾郎吾郎吾郎吾郎吾郎吾郎吾郎吾郎。

再見，永別了。

吾郎才讀到一半就放聲大哭了。

「……你是怎樣啦，吾郎大哥？」

阿聰不安地看著吾郎，吾郎把空罐子丟到他臉上。

「閉嘴啦，滾一邊去。」

「不是嘛……你這樣很不正常好嗎……」

「我很正常啦，這才叫正常。是你們這些人不正常，你們這些傢伙沒一個正常的。」

窗外漆黑一片，煉油廠的光源越來越近。

回故鄉吧，哥哥一定會歡迎這個無緣相見的弟妹。

「跟我一起回去吧，白蘭。鄉親都在等我們呢。」

吾郎拿起那一條舊口紅，在遺骨箱上寫下「高野白蘭」四字。

「我字寫得沒有妳好，妳可別笑我啊。」

吾郎邊哭邊笑，乾枯的遺骨也在他腿上發出清脆聲響。

乘　車　券

1995-11-30　　18:35　發車

前往 ▶ 惡魔

3號車5排A座　　JR-KIHA12

我看過惡魔。

你可能不信，但我那一天確實看到了。惡魔有一對扭曲的犄角和巨大的翅膀，全身覆滿油亮的黑色體毛。

我老家蓋得富麗堂皇，在山之手的高級住宅區也是格外醒目。

比方說，小朋友在附近空地打棒球，若不小心把昂貴的球打到我家高牆裡，根本沒法偷溜進來撿球，家裡的大人也不會幫他們。正好我在這附近也沒玩伴，每次聽到小朋友打棒球的歡呼聲，我就會戴上手套走到庭院，等待他們的球飛進來。老實說，我很想跟他們一起打棒球，但大人嚴格禁止，所以我只好充當隱形的外野手，幫忙扔回界外球。

我一直到小學五年級的學期中，都住在那座宅院。也不曉得爲什麼，我的記憶總是有一層紅色的濾鏡，就好像日落的風景一樣。大概是因爲宅院蓋在蒼鬱的樹林裡吧，樹木大多是漆樹和櫻花樹。每年到了特定的季節，宅院的水池、草皮、假山，還有老舊的日式建築和西式別館，全部都會被染成紅色。

那個男人就是在緋紅季節的黃昏時分，爬上鵝卵石鋪成的坡道，站在我家宏偉氣派的玄關前面。

我溜進玄關旁的侍女休息室偷看電視。當年，一般人只能擠在車站前欣賞公共電視，我家連侍女休息室都有進口的電視。大人嚴格限制我看電視的時間，於是我經常跑到侍女休息室偷看電視。

「打擾了，請問有人在嗎？」

連地板都精心鋪設的玄關，跟寺廟一樣備有雲板和木槌，可以用來叫人。男子似乎不好意思拿來用，又朝門內喚了幾聲。

最後是母親出來應門。侍女們都是小跑步應門，走廊會踩出聲響。母親則是緩步慢行，腳上穿的分趾襪輕輕拖在地上，光聽腳步聲就知道是母親來了。

我趕緊關掉電視，悄悄打開杉木製的門板偷看玄關。母親端坐在屏風前，我看不到母親的身影。

「您好，敝姓蔭山，是東大的學生事務組介紹來的。」

男子站在昏暗的玄關外自我介紹，學生服外罩著一件黑色披風，那種披風在當時已經很少見了。門燈用的是毛玻璃燈罩，燈光照在男子的帽子上，帽簷下盡是陰影，看不清楚表情。那景象彷彿一團黑漆漆的鬼影，從夜幕中忽然冒出來一樣。

母親白皙的手掌，伸出屏風遮擋的範圍。男子走進玄關也沒摘下帽子，直接坐在母親示意他坐下的地方。

男子遞出介紹信，母親仔細閱讀信上內容。老實說介紹信也沒什麼好端詳的，但母親做任何事情都是慢條斯理。

就在這時，男子發現我躲在門內偷看。不，他似乎不是現在才發現的，而是一開始就知道我躲在侍女休息室。男子死盯著我的臉龐，單薄的嘴唇勾起輕蔑的笑意。

地上的燈籠照亮男子的顏面，厚重的眼鏡反射白光，看不出表情。

「您是醫學系啊？」

被屏風擋住的母親開口了。

「是的，今年大三。」

「您的出身地是奉天？……啊，您是從滿洲回來的嗎？這麼說來，您的父執輩是軍人囉？」

「不，家父在滿洲鐵路上班，還沒被放回來就去世了……請問，這有什麼問題嗎？」

母親沉思了一會，答道：

「應該是沒有問題。我們家老祖宗過去身分尊貴，所以有特別交代過，盡量不要找講話有口音，或是偏鄉出身的人。您既是滿洲出身，反而不要緊。」

之後，母親和男子閒聊了一陣子。

聽他們的對話我才知道，原來男子就讀東大醫學系，寄住在谷中地區。父母早死，生活過得拮据，讀書也是靠獎學金接濟。這是他第二次擔任家教，去年他教的學生今年考上了麻布中學。

「那麼，教學時間是平日下午五點到晚上九點，沒問題吧？我們會提供晚餐。」

「太感謝了，畢竟我阮囊羞澀。對了——」

男子突然提起待遇的問題，態度也毫不婉轉。他說，學生事務組提供的條件比去年的待遇還要低，希望母親重新考慮一下。他仗著自己是領獎學金的資優生，而且去年也教出了口碑，交涉的口吻頗爲強硬。

母親不諳交涉，也就答應他的要求。

「那您有什麼討厭吃的食物嗎？」

「沒有，都沒有，有什麼我就吃什麼。」

男子站起身，又瞄了我一眼，發出令人不快的竊笑。

「啊啊，有件事我忘了問——」

母親想到另一個問題，伸手抓住對方的披風：

「您有特殊的信仰嗎？」

「夫人是指宗教嗎？我是無神論者。」

「那太好了，我兒子讀的是教會學校。我們家雖然不是信基督的，但宗教觀念差異太大也不好嘛。」

男子瞪了我一眼，臉上再無笑意：

「請放心，夫人，我不信神佛的。」

「那就好。」

男子離開玄關，站在門燈下恭敬行禮。火紅的漆樹落葉繽紛，鵝卵石也染成一片鮮紅，男子踩著鵝卵石快步離去。

橋口同學是我在學校的好朋友，出身官宦之家。

他有氣喘的毛病，經常請假休養，家裡也有替他請家教。因此，他的功課很好，但他動不動就跟我抱怨，他的家教爲人陰險又嚴厲。

我心裡很同情他，眞正讓我同情的不是他有一個糟糕的家教，而是他的作息時間被嚴格控管，根本沒辦法看電視，來學校都跟不上同學的話題。

橋口同學只能咬著吸入劑，聆聽其他同學談論電視節目，實在太不幸了。

一想到即將步上他的後塵，我差點沒暈過去。我煩惱了好久，趁禮拜天晚上央求母親，不然明天就要開始上課了。我請母親縮短一個小時的念書時間，或者提前一個小時上課也沒關係，這樣我就不會被同學排擠了。

母親要我徵求父親的同意，平常很少回家的父親，那天剛好在家。據說他投資的賽馬贏得大賽，還帶一大批跟班回來慶祝。

我穿過簷廊來到庭院，前往西式別館。慶祝大會辦在露台內的待客室，父親則在遊戲室和幾名賓客打撞球。

古風扮相的藝妓坐在暖爐邊，操作著舊式的算珠計分板，嘴裡喊著奇怪的術語，替打撞球的大人計分。

人們一看到我來就忙著巴結，說法也了無新意。

不過，我沒法跟平常一樣裝乖陪笑。因爲我十分清楚，再拖下去父親就會帶著客人出門玩樂了。

父親架起球桿，靠在撞球桌上聆聽我懇切的要求。他的姿勢沒調整好，又起身換了好幾種姿勢，拿起巧克打磨桿頭，簡直把我的話當成耳邊風。

我再次拜託父親，父親猛然扔出巧克。巧克飛越台桌，朝我砸了過來。

說時遲那時快，一旁的服務生趕緊拋下托盤抱住我，不然我一個踉蹌，差點一頭栽進暖爐裡。火舌幾乎要燒到我的臉，是那位服務生救了我。

服務生伸手維持重心，手掌卻不小心按在炭火上，受到嚴重的燒燙傷。一陣混亂過後，父親帶著幾個跟班和藝妓，不曉得跑哪裡去了。

希望破滅事小，我總覺得這是家道中落的凶兆。彷彿我們受到某種無形外力影響，才會發生這樣的意外。

禮拜一早上，我搭乘進口轎車上學，一下車就有不好的預感。操場上沒有小朋友在玩，爬滿藤蔓的老舊校舍也靜悄悄的。

侍女把書包交給我，我背起書包進入校舍，播音器放的是陰鬱的沉思曲，而不是一向活潑歡快的小步舞曲。

原來，住院治療氣喘病的橋口同學，昨天去世了。

橋口同學的座位在我隔壁，他的書桌上放有紀念的鮮花。上禮拜大家一起去醫院探望他，他還很有精神地到玄關送行，沒想到昨天深夜氣喘發作，喘不過氣人就走了。

禮拜一的朝會變成橋口同學的悼念彌撒。朝會結束後，我被叫到教職員辦公室，老師要我在明天的葬禮上朗誦追悼文。我是班長，又是橋口同學的好朋友，除了我以外也沒人適任了。

眞是憂鬱無比的一天。體育課大家在教室自修，只有我一個人留在教職員辦公室，練習朗誦追悼文。

更糟糕的是——從那天開始，我回家就要面對那個討人厭的家教了。

下午五點，蔭山準時現身。

走廊下的腳步聲逐漸逼近房間，那是我從未聽過的沉重腳步。隔著中庭望去，渾身黑衣的蔭山跟著母親穿越走廊，窗外的夕陽照在蔭山高大的身軀上，在紙門上拖出一道長長的影子。

蔭山進入我房間，厚重鏡片底下的眼睛閃閃發光。他端詳著我的書架，還有昆蟲標本和模型收藏。他摘下帽子，底下露出一張長臉，活像馬臉或山羊的臉。學生服也散發一股令人作嘔的味道，類似汗水和消毒水混雜的氣味。

「這房間眞不錯，沒有比這更棒的環境了。」

蔭山的嗓音很低沉。

「除了別館，只有這孩子的房間是做成西式裝潢。沒有書桌和椅子，小孩子沒法專心念書嘛。」

蔭山用他瘦骨嶙峋的手指，撫摸我的書桌。

「這是桃花心木製的？」

「不，是黑檀木，他父親以前用過的。」

兩個大人站在一起，嬌小的母親身高只到蔭山的胸口。

母親替我做完介紹後，說道：

「其實呢，這孩子的好朋友昨晚去世了，他心情有點鬱悶，還請不要太嚴厲。」

嚴格講起來，我心情鬱悶不是橋口同學去世的關係，而是他畏如蛇蠍的家教老師，也來到我家裡了。

「人家蔭山老師去年教的小朋友，考上麻布中學了呢。你也要好好努力，知道嗎？」

話一說完，母親就離開了，我的心也跟著發慌。

蔭山花了很長時間檢閱我的筆記和考卷，沒頭沒腦地冒出一句批評：

「你也太笨了吧？」

這種感覺活像被陌生人痛打一拳。打從我懂事以來，父母和老師都沒對我說過這麼不客氣的話。

書房正對庭院草皮，房間本身向外擴建，形狀有點像蝙蝠的手指突出皮膜。也因爲這樣的建築構造，導致書房容易西曬。夕陽染紅書房的牆壁，圍籬邊的櫸樹枝葉繁茂，在牆上留下了類似裂痕的陰影。

橋口同學還在世的時候，每天早上一到教室就對我抱怨。現在那些怨言，在我的腦海中鮮明回放。

「那傢伙眞的跟惡魔一樣——」

我家住了很多人。

我和母親還有爺爺住在本館，僕役也住在本館。庭院的洋館二樓，住了七、八個單身的年輕人，他們都是父親公司的員工。

早上僕役會在固定時間準備伙食，家中的男人會一起到和室用膳，我和祖父坐在上座跟他們一起吃飯。母親和其他侍女，則在一旁的木板地用膳。

東京一些舊時代的望族，也都有這樣的陋習。男性的司機和園藝師也在和室吃飯，而家中的女主人只能在木板地用膳。

我不太清楚爺爺的過去，昌盛的家業是在父親手中建立的。所以，爺爺並沒有一家之主該有的威嚴。

或許，爺爺卸甲歸田後，也埋葬了自己的前半生吧。爺爺為人沉默寡言，幾乎跟僧侶或神主沒兩樣。實際上，爺爺每天會花不少時間，端坐在佛壇或神龕前。爺爺性格清廉正直，奇怪的是他跟母親處不太來。儘管表面上沒有紛爭，但明眼人都看得出來。

母親送我去念教會學校，大概是要跟爺爺唱反調吧。爺爺答應她的要求，條件是我每天早上必須到佛壇或神龕參拜。

父親不常回家，母親和爺爺又處不好。空有萬貫家財，家庭關係卻無比脆弱，在惡魔眼中一定是極為可口的肥羊。

蔭山每天下午五點準時現身，來了也沒多說一句廢話，直接坐到我旁邊，開始毫無喘息空間的嚴厲教學。

只有七點到七點半這段用餐時間可以休息。侍女會送餐點過來，我和蔭山一同坐在長椅上默默用餐。

對我來說真正痛苦的不是念書，而是要面對蔭山整整四個小時。

蔭山的一切都令人不快。那張不苟言笑的長臉、毫不客氣的說話方式，還有吃東西發出的咀嚼聲，所有的一切我都無法忍受。

想當然，我的成績大有進步，每個月舉行的學力檢定考試，蔭山畫給我的重點無不命中考題，我甚至懷疑他是不是有預知能力。

有一次發生了這樣的事情：

因爲我成績進步了，蔭山要求加薪或提供獎金，口氣毫不婉轉。母親去找爺爺商量，爺爺痛罵蔭山有才無德，但最後還是順了他的意。

一回到書房，蔭山當著我的面打開信封數錢。他的脖子上掛著一個小錢包，數完錢就把千元鈔票摺好，放進錢包裡面。

從那以後，蔭山上課更加嚴厲了。

對了，參加橋口同學葬禮的那天，有件奇怪的事情。

學校派車送我們到橋口同學家，他家的宅院位於澀谷的郊區。橋口同學的父親是舊時代的貴族，經營的事業包羅萬象，因此一個小孩子的葬禮也辦得非常隆重。來弔唁的賓客擠滿整座庭院，我代表其他同學朗讀追悼文時，排隊上香的人潮也沒中斷過。

我按照老師的指示，盡可能用莊嚴肅穆的語氣，慢慢朗誦一長串的追悼文。朗誦過程中我抬起頭來，發現蔭山也在排隊上香的人潮中。

起初我以爲是自己看錯了，但那個人上完香還看了我一眼，臉上帶著輕蔑的笑容。

爲什麼蔭山會在這裡？疑念一起，我的心也亂成一團。

我忘了自己追悼文唸到哪裡，直接跳過中間的內容，只唸最後幾行。

可能是母親叫他來，看我追悼文唸得怎麼樣吧。或者，他是代表我家人來上香的，這也不足爲奇。然而，橋口同學畏如蛇蠍的家教老師，會不會就是蔭山呢？我的頭腦把這兩件事串聯在一起。

於是乎，我產生了某種妄想——橋口同學是被家教老師害死的，害死他的家教老師，選定我家當作下一個目標。

我好期待新年到來，而且是前所未有的期待。

每年我們家會在洋館大廳辦聖誕派對，我可以休息到一月五日，都不用上家教課。

這跟慶祝基督降生沒有關係，純粹是以聖誕節的名義舉辦送舊迎新的派對。父親凡事喜歡風光熱鬧，所以年底這場宴會一定辦得極盡奢華，邀請大批賓客參加。露台旁邊的高大杉木就直接裝飾成聖誕樹，爬滿藤蔓的洋館外牆，也會掛上五顏六色的燈泡。

我上家教課兩個多月了，都沒有像樣的休閒生活，因此今年節慶我特別興奮。節慶的日子可以盡情吃喝，又有一大堆禮物可拿。另外，還有一件趣事我非常期待。派對當晚，所有的親戚和同輩小孩都會到場，我們會一起玩到派對結束。派對從傍晚開始。整座宅院入夜後燈火通明，熱鬧非常，這都是平常看不到的景象。小孩子就在寬敞的宅院內，玩一場盛大的躲貓貓，一直玩到深夜大人要回家才結束。

就讀中學的表姊最先當鬼，她總是把一頭長髮束成馬尾，白皙的臉蛋配上名校的水手服實在好看。

我好想牽她的手，所以遊戲一開始就故意被抓。我們兩個手牽手當鬼，去找其他躲起來的小朋友。我們找遍了本館和洋館的每個角落，牽著手走進池邊的樹林。

水池對面的森林幽暗深邃，烏鴉都在那裡築巢。我們仗著月色明亮，穿過光禿禿的櫻花樹林，前方有一座假山，周圍種有杜鵑花。我比誰都清楚，假山上的涼亭很適合躲人。

「妳看，那裡果然有人。」

我壓低音量告訴表姊。涼亭的圍欄內有兩道背對我們的人影，我和表姊躡手躡腳接近，生怕腳下的枯葉發出聲響。

來到假山下方，我緊緊拉住表姊的手，因爲我看出那兩道人影不是小孩子。兩個大人靠在一起竊竊私語，男方頭上歪戴著一頂帽子，臉稍微往旁邊一偏，眼鏡閃耀月色的銀芒。

我們趕緊躲進杜鵑花叢裡。

緊接著，涼亭中的兩個大人腦袋靠在一起，發出了口唇交纏的聲音。男方推倒女方，二人的身影被涼亭的圍欄遮住，露骨的喘息聲撼動夜晚寧靜的氣息。一條白嫩的長腿，伸出了圍欄外面。

我心中忐忑不安，動了動身子想站起來，表姊卻一把抱住我：

「噓，安靜。」

表姊仔細觀察黑暗中發生的事情，手掌都在冒汗。不知怎麼搞的，我竟然聽得到自己急促的心跳聲。

女方緊張的喘息聲，轉變成愉悅的嬌喘。男方粗重的呼吸聲，也傳到這來了。

表姊拉起我的手去碰她的胸部，指尖傳來溫暖柔軟的觸感。表姊也變得不太正常了。

那一刻我心裡想的是，蔭山趁著黑夜爲非作歹，那種怪力亂神的邪惡力量，是不是影響到表姊了？

那傢伙果然是惡魔，我一把推開表姊逃離現場，身後傳來驚呼和錯愕的聲音。

表姊和她的家人一直到深夜才離開，當時大部分的客人都走了。表姊上車之前，把我叫到候車亭外的陰暗角落。

「我有拿到零用錢，你呢？」

我搖搖頭，表姊遺憾地嘆了一口氣：

「那他們應該不知道你也在吧。」

我聽不懂她在說什麼。

「零用錢是蔭山老師給妳的？」

「不是。」黑暗中，表姊的瞳孔閃爍異光：

「伯母特別叮嚀我，剛才的事情不可以告訴別人。」

表姊發現自己說錯話，趕緊摀住嘴巴，那動作看起來有點刻意。

新年假期結束，鬱悶的家教課又開始了。

父親還是一樣很少回家，難得回來也是喝得爛醉，從來沒有清醒過。

家中瀰漫著劍拔弩張的氣息，寓居的僕役和女侍經常咬耳朵，一看到我來就趕緊陪笑。本來性情穩定的爺爺，也開始爲了一點微不足道的小事責罵母親。

顯然我家出了什麼問題。

有一晚，戶外下著綿綿飛雪，一件可怕的大事就在我面前發生了。蔭山準時來到我的書房上課，他椅子都還沒坐熱，爺爺就氣沖沖地過來了：

「老師，打擾一下。」

爺爺語氣不善，臉色也不好看。

「眞不巧，我接下來要上課了，有話晚點再說吧。」

蔭山低頭看錶，根本是拿我當擋箭牌。爺爺一把揪住蔭山的胳膊，使勁往門外拖，椅子都差點翻倒。

走廊傳來爺爺的怒罵聲，還有蔭山低聲辯解的聲音。我放輕腳步來到門外，躲在柱子後面偷看二人爭執。

奇怪的是，爺爺和蔭山對罵時，身高看上去只有蔭山的一半。

當下那個不自然的景象，衝擊性更勝爺爺突如其來的暴怒。我眨了幾次眼睛，想要看個清楚。

那道走廊很長，東邊盡頭的精美門扉，看上去只像一粒小小的紅點。左右兩邊分別是和室的紙門，還有正對庭院的玻璃拉門。天花板也做成鑲板式的，上面還印有家紋。所以，那應該是某種幾何圖像造成的錯覺——但蔭山異常巨大的身影，在我眼中簡直是惡魔現出眞身的鐵證。

爺爺挺起胸膛質問蔭山，講到情緒激動處，還咳了起來。爺爺平常就有咳嗽的毛病，唯獨那一天的咳嗽不太正常。

爺爺彎起瘦弱的身軀，用和服的袖口摀住嘴巴，隨即又神色痛苦地乾嘔幾聲，一屁股跌坐在地。純白的紙門濺上鮮血，猶如紅花飄散。

爺爺茫然坐在地上，攤開沾滿鮮血的雙手。蔭山粗大的手掌，按在爺爺的肩上。爺爺被救護車送到醫院，幾年後去世了。那是我最後一次見到爺爺，他再也沒有回來這座宅院。

爺爺吐血之前沒人發現他染有肺疾，這也代表他個性堅忍，忍耐力超群吧。家庭醫生說爺爺患了肺結核，保健所也來宅院進行大規模消毒。但爺爺發病倒下是我親眼所見，我不認爲那是常見的結核病造成的。

一定是蔭山對爺爺下了可怕的詛咒。

我必須把這件事說出來才行，無奈身邊的人太過軟弱無力。依我觀察，父親和母親早已被蔭山施法控制了。

每天晚上，我得在偌大屋宇中獨自面對蔭山，那種恐懼沒有人能體會。

爺爺被送去醫院後，家中起了很大的變化。惡魔打倒了聖者，開始蠶食我的家園。

寄宿在洋館二樓的年輕人，一個接一個離開了。才短短一、兩個月的光景，那裡就成了沒人使用的空屋。本館幾乎每個禮拜都有僕役收拾包袱離開。

宅院越來越冷清，蔭山的態度也越見跋扈。他擅自從洋館搬來搖椅，上課時就坐在搖椅上欣賞人體解剖圖鑑，放我一個人自習。有時候，蔭山會凝視外頭淡紅色的樹林，喃喃說著我聽不懂的咒語。

有一次，父親像被鬼附身一樣大吵大鬧，砸破家中所有的玻璃，後來就再也沒回來過了。他久久才打一通電話回家，母親一接到電話就沒有好臉色。而且他們每次講完話，母親就會發出絕望的怒罵聲掛斷電話。

到後來，家中只剩下我和母親，還有一個長年服侍我們的侍女長，以及開車接送我上下學的司機。

如果眞的要算人數，還得加上蔭山。洋館荒廢了以後，他竟然跑到洋館的其中一間客房住下來。

每天上完課，蔭山就匆匆走過庭院，回到洋館的客房。到了晚上十點，母親一看我的房間熄燈，就失魂落魄地走進月下的庭院裡。

天氣逐漸回溫，荒蕪的庭院早已看不到往日的美景。

某天，我趁著家裡沒大人，偷偷跑去洋館。我爬上積滿灰塵的螺旋階梯，潛入蔭山居住的客房。

客房坐南朝北，外牆的藤蔓都垂到窗戶上了，室內也充斥著腐臭味。地上擺了一堆我看不懂的外文書籍，還有骯髒的白袍和內衣褲，亂到幾乎沒有立足之地。床鋪也沒整理，都躺出了人形，母親的其中一隻襪子就在上頭。

學校在放春假前，帶我們去上野的博物館參觀。難得的校外教學，其他同學都很興奮，我卻一直有想吐的衝動。

博物館展示的乾屍、動物標本、恐龍化石，乃至昏暗的宇宙和浩瀚的時空，都讓我感到害怕。我從天井往下看巨大的傅科擺，據說那是用來證明地球自轉的儀器。我再也忍受不了恐懼感，難受得蹲了下來。

回程時，巴士開過公園的後院往山下走，途中我看到電線杆上標示「谷中」二字。蔭山說過他就住在谷中區，但那裡怎麼看都不像有學生宿舍的地方。放眼望去，大多是古老的小廟和墳墓。

我一心只想快點找人求救。所有學生回到學校原地解散後，我就前往校內的教堂，那間教堂開在林蔭道的角落。

老師常告訴我們，有什麼說不出口的煩惱或懊悔，可以隨時去教堂告解。當然，沒有小孩子會做那種事，我是眞的被逼急了才去的。

修女在掃地，我問她牧師在不在。我坐在前排的長椅上等牧師來，口中反覆唸著聖經上的箴言，不自覺悲從中來，眼淚也掉了下來。

我生來好命，疾病和貧窮一向與我無緣。其實我沒理由哭泣，爲了這點小事哭我也覺得很奇怪，我是看著沉默的聖像才掉下眼淚的。

穿著牧師袍的牧師來安慰我，我就像個鬧脾氣的孩子一樣嚎啕大哭。

「我們家被惡魔入侵了。惡魔假扮成大學家教老師，但他眞的是不折不扣的惡魔。」

牧師安慰我，稍微思考了一下：

「我想——你是不是念書太累了。離大考還有一段時間，多玩玩吧。」

「不是的，我爺爺吐血病倒，我爸也發瘋了，家裡的人都被趕走——現在，我媽每晚都被欺負。」

牧師皺起了眉頭：

「你母親被欺負？」

「那個惡魔都欺負我媽，之前是在庭院的涼亭裡，現在是把她帶到空房間欺負。我媽都發出很痛苦的聲音。那傢伙會騎在我媽身上，掐著她的脖子，或是扳她的手腳。」

「……唔嗯。不過，你母親並沒有受傷吧？」

牧師的神情很困惑，學校裡一個小小的牧師，大概也沒本事降妖除魔吧。

「可是，再這樣下去我媽一定會被殺掉。」

「不會，你不用擔心，沒事的。」

「怎麼說呢？」

「耶穌基督會保護你和你的母親。」

牧師的話根本無法讓我安心，惡魔侵犯我家是無可否認的事實，我實在不認爲上帝有保佑我們家。

「那該怎麼做才能趕走惡魔？我想知道方法。」

牧師陷入沉思，伸手掏摸牧師袍的口袋，拿出了小小的十字架。

「這個給你吧，惡魔再怎麼神通廣大，也不過是上帝的僕從。因此，要趕走惡魔，你不必呼喚耶穌的聖名，也不必手畫十字聖號，連吟詠福音書都不需要。惡魔要傷害你的時候，你就握著這十字架瞪視他，然後說：『你這惡魔，我絕對不會向你屈服。』」

我的心情寬慰了一點。回家的路上，我不斷唸著牧師教我的除魔咒語。

隔天，母親被校方找去談話，我也不曉得他們談了什麼。只是在搭車回家的路上，母親一句話也不跟我說，甚至不肯看我一眼。

從那一天起，蔭山就沒住我家洋館了。我想，一定是十字架神威靈驗吧。

我們一家人早已沒有賞花的閒情逸致，等到櫻花凋謝的時節，橋口同學的母親突然造訪我們家。

橋口同學的母親說，她本該早點來拜訪的，但要回禮的對象實在太多，才會拖到這麼晚才來回禮。她說這段話的時候，倒也沒什麼愧疚之意。

那張年輕貌美的臉，始終盯著我不放：

「你也升上五年級啦，也算少了一個競爭對手嘛。」

我聽了很不高興，爲什麼她要講這種話？我想起葬禮那一天，她在橋口同學小小的棺木裡，塞了一大堆教科書和參考書。

「你要去念麻布還是開成？難不成是教育大學的附屬學校？」

我立刻回了一個我從沒想過的答案：

「都不是，我要念區立中學。」

「哎呀，你這麼優秀，爲何要浪費機會呢？」

「普通一點好。」

待客室的氣氛很僵。

時鐘一走到五點，蔭山也現身了。他眞把自己當成這個家的一分子，也沒打聲招呼就開門進來，在長廊下快步前進。

待客室的門沒關，蔭山一經過房門前，橋口同學的母親便發出了驚詫的聲音：

「老師，原來你到這教書啊？」

「……是的，前陣子承蒙關照了。」

蔭山禮貌性打了聲招呼，直接走過待客室，似乎不想多有瓜葛。

光從這簡短的對話，我和母親就看出是怎麼一回事了。我倆對看一眼，沒有多說話。我們都在思考蔭山撒的瞞天大謊。

尷尬的沉默過後，橋口同學的母親語帶嘲諷地說道：

「夫人，事到如今我也不好說什麼，只能請妳自己多提防那位老師。」

我渾身起了雞皮疙瘩，母親也動搖了：

「咦……？您這話是什麼意思？」

「不是啦，東大生也不一定都是好人。」

一聽到這句話，我想起了橋口同學的怨言：

「那傢伙啊，最近都欺負我媽，一定是惡魔的化身。」

我記得，橋口同學是在校內的銀杏樹下，對我說出那番話的。當時他嘴上咬著吸入劑，講話氣若游絲。

惡魔現出眞身的那一天，我永遠也忘不了。

那是某個盛夏的午後，荒蕪的樹林中盡是惱人的蟬鳴聲。我和母親擺了兩塊藤枕，躺在通風的大客廳中央。並不是天氣熱到不想動，也不是閒來無事小睡片刻。我們母子倆就像行屍走肉，提不起勁做任何事情。

長年服侍我們的侍女和司機，也在上學期結束後離開了。我和母親依偎在空曠無比的大宅院裡，猶如兩隻蟲子在灼熱的沙漠上等死。

母親發出細微的鼾聲，我和她蓋著同一條小被單，茫然望著豔陽下的庭院。

池塘被太陽曬出蒸騰的熱氣，就在我也快要打盹的時候，母親突然驚聲尖叫，整個人跳了起來。

「你做了什麼！你到底做了什麼！」

我什麼也沒做。鮮血自母親的腳尖滴落，落到了榻榻米上面。身上的浴衣和小被單，一下子就染成了腥紅色。

客廳四周的拉門是開著的，我們戒愼恐懼地張望四周。其中一扇拉門的後邊，聽得到有什麼東西在摳榻榻米的聲音。仔細一聽聲音又更大了，很接近摳柱子或拉門的聲響。前方不遠處，有一扇畫著山水畫的拉門，喀答喀答晃個不停。

我們退到壁龕上。我以爲有持刀搶匪闖入家中，砍了母親的腳一刀。

母親拿起枕頭，丟向那扇拉門。緊接著，有爪子摳抓柱子的尖銳聲響，似乎有什麼東西竄上柱子。拉門上方的精美鏤刻後面，有一團漆黑的魅影。

魅影的雙目透著異光，母親嚇得趴在榻榻米上。魅影被母親的尖叫聲嚇到，又跳到拉門的後面。我睜大眼睛想看清楚，只見某種大型的黑色生物衝過一扇又一扇的拉門，一轉眼就跑出去了。

我們像被鬼迷惑了一樣，好一陣子無法動彈。

「老鼠？」

「不是喔，比那個大多了，甚至比貓狗還要大。」

我不敢說那是惡魔，只好緊握掛在胸前的十字架。

母親的腳趾上有一道很大的傷口，差不多跟人的咬痕一樣大。母親癱坐在地上，我鼓起勇氣來到走廊，手裡握著掃把，怯生生地在走廊前進。我從沒想過自己住的房子有這麼大，彷彿一座錯綜複雜的迷宮，有大量的走廊和房間，而且永遠走不到盡頭。

我打開每一間和室觀看，最後來到宅院北邊的廚房。廚房的空間很大，裡邊有專業級的流理台，還有一間墊高的和室，漆黑的木板地象徵這座宅院悠久的歷史。過去有大批廚師和侍女在這裡工作，現在卻寂靜得令人害怕。

惡魔蜷曲著身子，蹲坐在陰暗的木板地上。光線照入天花板的通風口，飄浮在空氣中的灰塵閃閃發光。惡魔端坐在那道光芒下，醜惡的身軀長滿黑色的體毛。

如果我沒看錯，那個惡魔的體型比人類還要大，頭上有兩支扭曲的犄角。蒼老的面容滿布皺紋，背上還有黑亮的翅膀，活像抹了一層油膏。

我握住襯衫下面的十字架，拚命回想牧師告訴我的咒語。

可是，惡魔搶先開口，打斷了我要說的話：

「你活該，看我把你爺爺和父母吃乾抹淨，全都拖入地獄。」

我勉力張開凍僵的嘴唇，顫抖地說道：

「你，你這惡魔，我，我絕對——」

「哼，你要怎樣？你要說，絕對不會屈服是嗎？像你這種乳臭未乾的小鬼頭，除了念書啥也不會，你能對我怎樣？告訴你，你們一家人都完了，你們會跟這座宅院一樣，統統墜入地獄。」

惡魔張開烈焰般的大口笑了，還鼓動巨大的翅膀嚇唬我。

廚房有扇通往後院的拉門，惡魔散發出令人欲嘔的氣味，從拉門的縫隙跑走了。

隔天，我被送到母親的親戚家照顧。

住在郊外的舅舅騎著三輪摩托車來接我，都沒人事先告訴我。

舅舅為人正直，他說我們家經商失敗，父親和母親得暫時去遠方避風頭。不曉得他說的遠方是哪裡，我也沒興趣知道。

三輪摩托車的貨架上，放了一些我的日用品。

摩托車開過鵝卵石鋪成的道路，我探出窗外望著自己的老家。夕陽西下，母親失魂落魄地站在氣派的玄關前，揮舞著纖白的手掌。

郊外的鄉村生活帶給我安寧。

那是一種很放鬆的安寧，完全蓋過原先的孤獨和絕望。情緒穩定下來後，我逐一說出整件事的始末。我也老實說出自己看到惡魔。

舅舅和舅媽很認眞聽我說，偶爾還會無奈地嘆口氣，數落父母的不是。他們平常沒跟我家來往，對我家的狀況也不太了解，憑什麼批評呢？舅舅聽了我的說法，想了一想。

他說，有錢人遇到事情都只顧自己。他要我記取這個教訓，一輩子不要忘記。對了，舅舅還說我身心太疲勞，暫時不要念書了。暑假放到一半，他還特地爲我買了一部中古的電視機。

下學期我轉到一間公立小學就讀，四周都是茶園。

那裡沒有教堂也沒有牧師，只有老舊的木造校舍，以及像摔角手一樣高大的老師，老師還會直呼我的名字。公立學校的一切都讓我好意外，那個長得像知名摔角手的老師，平常上課就只穿一件汗衫，不時揮舞他粗大的臂膀，發出滑稽的聲音逗小朋友笑。

我利用午休時間自習，老師吹著口哨走過來，說午休時間不是用來念書，而是用來打壘球的。

我用字正腔圓的口吻打招呼，還被其他同學笑。雖然我的言行格格不入，但也沒有人瞧不起我。沒過多久，我就像個意志薄弱的叛教者一樣，被他們同化了，好在我也沒什麼了不起的信仰必須拋棄。

每逢下課玩樂或上體育課的時間，我的表現總讓大家哈哈大笑。不過，我第一次接到外野高飛球時，操場上和教室裡的學生全都爲我歡呼。我抱著好不容易接到的球，掉著眼淚跑回本壘，活像拿到總冠軍的職棒選手。

過去，我從沒見過那樣秋高氣爽的無垠藍天。如今，我在眾人的善意守護下，身心總算徹底恢復健康了。

老家我只回去過一次。那時候季節更迭，學校周圍的群山也換上了紅妝。有人要買下老家，買主通融我們回去拿必要的東西。

奇怪的是，曾經讓我苦不堪言的恐懼感，全都煙消雲散了。我甚至有預感，這次回家一切都會塵埃落定。

宅院的大門深鎖，上面還貼著類似封條的紙張，似乎再也不會打開了。通往洋館的青銅製小門，站了幾個滿臉橫肉的男子。

其中一個長相最凶惡的男子，把一大串鑰匙交給舅舅。三輪摩托車開進鵝卵石道路，宅院裡的秋色一片赤紅，我徜徉在這片秋色之中。櫻花樹林上，掛著大大的夕陽。

有個人蹲在候車亭下。

「哎呀，你的家教老師有來啊？是不是你母親叫來的？」舅舅一副很意外的樣子。

我不解地看著舅舅，舅舅趕緊閉上嘴巴，似乎知道自己說錯話了。

我緊緊握住口袋裡的十字架。三輪摩托車一停到門簷下，蹲在地上的蔭山像自動伸展的機器一樣，撐起高大的身軀站起來，還脫下帽子鞠躬致意。

舅舅也不給他好臉色。蔭山問我現在過得好不好，他也沒有答話。

玄關的拉門上了大鎖。打開門一看，昏暗的大宅中現出了一條火舌般的紅毯。

「反正都髒了，也不用脫鞋了吧。」

舅舅穿著工人鞋直接走進玄關。

本館外圍的擋雨板都關上了，室內空氣很潮濕，還瀰漫著噁心的臭味。身穿學生服的蔭山伸手抱住我的肩膀，我往旁邊閃開，在黑暗的走廊追上舅舅。

「舅舅，要不打開擋雨板吧？」

「也對，通風一下也好。」

以前這條長廊的擋雨板，每天早晚都要動用所有的僕役來開關，現在只剩下我們兩個來開。

「開一半就好，不然關上也挺費事的。」

鮮紅的漆樹和櫻花林映入眼簾，夕陽的光芒如潮水般湧入室內。

光芒一照入室內，我們愣愣地看著眼前的景象，完全忘了打開剩下的擋雨板。原來大廳裡堆滿了老鼠的屍體，連走路的空間都沒有。榻榻米也沾滿了紅黑色的血跡，還有風乾的老鼠腦袋和內臟四肢，五十多坪大的室內沒有一處乾淨。

「哎呀，房子都封死了，牠們沒東西吃才互相殘殺吧，就放著別管了。」

舅舅一臉嫌惡，大步一跨跳到庭院，逕自往洋館的方向走去。

這裡是我出生長大的地方，沒想到最後落得這樣的下場。我和蔭山佇立在殘影之中，枝頭上有鳥兒的叫聲，遠方也傳來黃昏的鐘響。

我再次緊握口袋中的十字架，鼓起勇氣說道：

「這都是你吞噬的生命吧？這個家所有的一切都被你吞了不是嗎？」

長長的影子拖曳在滿地血跡上，影子的主人低頭不語，地上的影子看起來如同惡魔折起翅膀的模樣。

「怎樣？說話啊，所有東西都被你吞光了，沒東西吃了，餓到沒力氣罵人了是不是？」

蔭山低頭咬著嘴唇，我一點也不怕他。我把十字架拿到他面前，喝道：

「你這惡魔，我絕對不會向你屈服。」

蔭山臉色鐵青，他抬起頭來有口難言，一定是咒語奏效了吧。

「你是惡魔。不過，我絕對不會輸給你。」

就在這時候——我聽到了可怕的摳抓聲，跟那一天同樣的聲音。

「有、有什麼東西在這裡。」

蔭山表現得很怯懦，我們踩著噁心的鼠屍，往室內前進。

我們穿越好幾道拉門，走進最裡面的和室瞧個究竟。壁龕那邊堆了更多的鼠屍，我們看到了一個很可怕的東西。

那是一隻巨大的老鼠，跟一隻小狗差不多大。那隻巨鼠用前腳壓住另一隻小老鼠，活生生啃掉牠的腦袋。

怪物巨鼠咀嚼著口中的骨肉，惡狠狠瞪了我們一眼。身上的體毛黑黝黝的，看得出歲月的痕跡，耳朵像兔耳一樣豎起來，表情也十分狡黠。跟蛇一樣長的尾巴甩來甩去，對我們威嚇。

蔭山嚇得大叫跺腳，怪物巨鼠咬著獵物飛奔而去。

我們愣了一會，蔭山突然跪倒在地：

「我不是故意要弄成這樣的……你，你也不能說都是我的錯啊，對吧？」

「你是惡魔，你就是惡魔。」

不，不對。我當初看到的惡魔，肯定是那隻大老鼠。那麼，這傢伙算什麼呢？

我的心亂成一團，嘴巴依舊唸道：

「你是惡魔，你就是惡魔。」

「我知道錯了，我跟你道歉。」

蔭山趴在滿地血水中，對我磕頭。

我的記憶到此中斷。

回憶後來發生的事情，對我未來的人生大概也沒有幫助。

幸好當初侵害我的那些惡魔，在他們完納劫數之前也沒出現在我面前了。

而我生長的老家，如今蓋起了高樓大廈，大廈出入口旁邊只剩下一棵老櫻花樹，猶如舊時代遺留下的產物。

乘 車 券

1995-11-30　　18:35　發車

前往 ▶ 老街區

3號車5排A座　　JR-KIHA12

1

七月下旬某個悶熱的夜晚，部屬們替貫井恭一舉辦送別會。

貫井恭一本來是總公司位高權重的業務部長，這次卻被調去里約熱內盧擔任分店長。因此，送別會的氣氛熱絡，並不是出於祝福之情。首先，這是突如其來的人事異動，而且當事人從權力核心被下放邊疆，大家都很同情他。再者，害他被究責的部屬四處找人湊數，氣氛才會如此熱絡。

貫井恭一四十六歲了，算是戰後嬰兒潮的最後一代，這個年紀的人在商場上並不乏競爭對手。換句話說，現在被調往海外，未來就沒有出人頭地的機會了。況且，里約熱內盧分店負責在原產地收購咖啡豆，是相當專業的工作，歷任的分店長赴任後都不曾回來過。

這場送別會辦在旅館的宴會廳，愛說笑的年輕職員口無遮攔，還笑稱這是「貫井前輩的葬禮」。

東大畢業的貫井，曾經是同輩中最有機會出人頭地的，如今被撤下大位，幸災樂禍的人不在少數。很多人參加這場送別會，還包上厚厚的禮金。其實換個角度來看，那些錢也象徵以後老死不相往來。

最好的證據就是，兩個小時的餐敘一結束，與會者就像海水退潮一樣散了。大廳只剩下貫井和三個舊部屬，多虧貫井一人扛下所有責任，這三人才免於被下放的命運。

企畫團隊才解散半年，貫井的身心狀態一口氣老了十歲。過去他是食品進口的專才，在公司平步青雲，失勢後再也不復往日的意氣風發了。

他總覺得自己鬆弛的體態，給人一種中年人懶散不修邊幅的印象。稀疏的毛髮替長相添了幾分窮酸，厚厚的鏡片掛在臉上，眼神也好混濁。

老實說，貫井想馬上回家。不過，他有義務安慰這三個自責的部屬。再說了，公寓的家當也都收拾好了，夫妻膝下無子，空蕩蕩的家中只剩下妻子一人。一想到那孤寂的光景，他只希望買完醉再回家。

「部長，我們好久沒去黃金街了，要去玩玩嗎？」

晚他三屆進公司的小田提議續攤，他們年輕時經常去黃金街玩樂。

越資深的上班族，越常去高級俱樂部或高級餐廳應酬。貫井很久沒去便宜的酒家，跟志同道合的夥伴談論抱負了。

「黃金街——啊啊，你說角筈的黃金街喔？」

「對對，角筈，這種稱呼方式真令人懷念。」

一行人走出大廳，年輕的部屬反問：

「角筈？那是酒店的名字嗎？」

「不是啦，現在歌舞伎町那一帶，過去我們都叫角筈。『角筈黃金街』是我們那個年代常用的稱呼。對吧，小田？」

小田次長心不在焉地應和。其實，貫井也知道他提出這個建議的用意。這場送別會有百來人參加，散場後大家會去常光顧的店喝酒。小田不想去那些店裡聽其他同事的閒言閒語。

總公司的大樓聳立在市中心的夜空下，貫井站在旅館門口，仰望著那棟高樓。十年前，總公司的舊大樓空間不夠，才從大手町遷到這塊地。

望著今生無緣再見的巍峨堡壘，貫井恭一像個老頭似的嘆氣。

那天晚上天氣悶熱，身上像纏了一層軟爛的海藻。離開黃金街飲酒作樂的地方，貫井受不了那股酸臭的氣味，直接在路邊的花叢吐了起來。

他已經很久沒有這樣了，想來是情緒太緊綳的關係吧。以前常去的酒店早就換了老闆，根本不是他熟悉的店家了。有些話他在店裡說不出口，便趁著嘔吐的時候說出來：

「你們幾個，以後別在公司提起我的名字了。」

小田拍著貫井的背部，拍到一半也停下來。

「當上班族啊，只要會逢迎拍馬就夠了。人家敲鑼打鼓就跟著敲鑼打鼓，人家額手稱慶就跟著額手稱慶，別當出頭鳥就沒事了。以後千萬不要提起里約有個分店長，知道嗎？你們不答應我，我可沒法安心上路。」

貫井拋開部屬，獨自邁步前進：

「再見啦，明天甭來送我了。就我跟老婆兩個，挺有蜜月氣氛的，別來打擾啊。」

三名部屬也沒挽留他。

貫井酒醉的腦袋還剩下一點思考能力。這種結果沒什麼好遺憾的，是這二十三年太一帆風順，榮耀過自然是走下坡了。他從小出身不好，卻能考上東大，進入一流企業工作，還享受到短暫的榮耀，這已經是奇蹟了。

他在靖國大道打了一通電話給老婆。

——喂？我現在要回去啦。

——吃過了嗎？家裡沒吃的東西喔。

——不用啦，我早喝醉了。倒是妳吃過了嗎？

——剛才叫了外賣，現在只剩壽司店有開，但你不吃壽司對吧？

——壽司我不行啦。

——那我去便利商店買點東西，順便連明天的早餐一起買回來。

貫井和老婆從小就認識。兩家是遠房親戚，小時候情同兄妹，非常了解彼此，所以相處大半輩子都沒吵過架。

這次貫井被下放海外，老婆也只是感到錯愕，夫妻之間並沒有發生爭執。他以爲老婆至少會抱怨幾句。

都已經深夜了，往來歌舞伎町和東口的人潮還是絡繹不絕。人們像熱帶魚一樣湧入繁華的夜色中，晚風吹不散熱鬧的氣息。

霓虹燈不斷刺激著酒醉迷茫的視覺。

混濁的鏡片映照五光十色，貫井一不小心踉蹌，趕緊踏穩腳步，一抬頭就在靖國大道的對岸看到一個奇怪的光景。

「爸……」

他本想衝過去，卻被路上的車子按喇叭，只好再次凝神細看。

「爸……爸……」

貫井看到父親站在結束營業的商店前。父親頭戴巴拿馬帽，身上穿著開襟襯衫和麻料的西裝。父親張望四周，對著來往的行人問事情。

「爸！我在這啦，這裡！」

四周的喧囂蓋過貫井的聲音，父親正在找他這個兒子。

貫井又一次呼喊父親，父親竟然不見了。

正好號誌燈也變了，貫井擠過人群穿越馬路。前方是歌舞伎町的公車站，早已熄燈了，他記得父親剛才就在這一帶。

「請問一下，你們剛在這邊有看到一個中年男子嗎？」

幾個年輕人靠在護欄上，貫井向他們請教父親的去向。一票年輕人歪著雞窩頭發笑，耳環也晃來晃去。

「我們走散了，那個人戴著巴拿馬帽，穿一身白西裝。應該在找我，你們有看到嗎？」

「沒看到啦。」年輕人直接給了否定的答覆。

「你嘛幫幫忙，中年男子很少來這邊的。街友倒是不少啦，也沒人穿白西裝啊。」

年輕人指著一群流浪漢哈哈大笑，那些流浪漢就躺在鐵捲門前面。而貫井自己就是深夜時段罕見的中年男子，年輕人又看著他發笑。

一聽到街友這兩個字，貫井的心也涼了半截。他並不是沒想過父親淪落到這種地步的可能性。西口的地下道有大批街友，他也曾拿著父親的舊照片，去那裡找人。

歌舞伎町的街友們，沉睡在幸福的季節中。

「請問貫井一郎先生在嗎？出身中野區的貫井一郎先生在嗎？」

紙箱裡傳來罵人的聲音，要外頭的醉鬼別擾人清夢。

剛才，貫井確實看到父親在找他。不過——仔細想想又很奇怪。父親的裝扮跟當年離開時完全一樣，年紀也沒變老。

貫井在路上回頭張望，心想大概是自己喝醉看錯了。

這裡種著一整排生機黯淡的銀杏樹，每棵樹的間距又很大。除了公車站名從「角筈」改成「歌舞伎町」以外，附近的景色也沒有太大的變化。

那是八歲夏天發生的事，算一算也快四十年了。貫井回憶過往，恍如昨日——

2

「恭仔，要吃壽司嗎？」

一到角筈的公車站，父親就拉起巴拿馬帽的帽簷，仰望傍晚的天空。

「爸，聽說立教大學的長嶋茂雄明年要加入巨人隊，是眞的嗎？」

「這可難說了，沒人說得準啊。」

恭一牽著父親的手過馬路，思考聊天的話題。父親另一隻手提著波士頓包，感覺裡面像裝了炸彈一樣。

過完馬路，父親困惑地張望四周，還摘下眼鏡擦拭汗水，一臉猶豫煎熬。

恭一說出醞釀已久的話，從中野搭車來的路上，他一直思考該怎麼說比較好：

「爸，我跟你說，我不介意有新的媽媽。那個大姊姊長得很漂亮嘛，比媽媽年輕又美麗——你就娶她，讓她當我的媽媽吧。」

其實那是違心之言。父親多次帶回家的那個女人，一點也不漂亮。長得獐頭鼠目不說，每次看到恭一就會別過頭，發出不屑的咂嘴聲。

恭一昧著良心說話，一說完就閉起眼睛，對著死去的母親道歉。

「這樣啊。可是，對方似乎不太喜歡你呢。」

「爲什麼？我又沒怎樣。」

「呃，她只是不喜歡小孩子。」

父親答話時，回頭望著東口的車站石牆。

「去吃壽司吧，你肚子餓了吧。」

「我不餓。」

吃壽司一定是道別的儀式，吃下去一切就結束了。

「爸，那個大姊姊，是不是在哪邊等你啊？」

父親眼鏡下的雙眸，流露出驚詫的情緒。沒一會工夫，又轉變爲哀傷的眼神。

「你爲什麼會這樣想？」

「喔，沒有啊，只是有這種感覺。」

父親聽了，肩頭滲出汗水。

父子倆走進公車站前的壽司店，父親要他點喜歡的壽司來吃。

進壽司店要先坐到櫃檯點餐，恭一不懂規矩，傻傻地站在原地點頭。父親擅自點了一些小孩子喜歡的壽司，態度也比平常和藹可親。

哭著哀求父親的話，說不定父親會打消拋棄他的念頭吧。然而，小孩子也是有自尊的。

美味的壽司吃起來齒頰留香，跟他的心境截然不同，越吃心裡就越悲哀。

「恭仔，你千萬要好好念書喔。」

父親喝著啤酒，終於說出離別前的囑咐了：

「你爸我就是沒念書，小時候去替人幹活，長大了又被抓去當兵，想念書都沒得念。所以啊，現在才會被人當傻子。」

「爸，你不是傻子。」

恭一眞正想說的是，爸，你不會傻到拋棄自己兒子吧？但他不知道父親有沒有聽懂言外之意。

「我是傻子沒錯啊，就是傻才會把公司搞垮。說眞的，你爸我根本不想開公司，我膽子太小了，比較適合當上班族。」

「那你就當上班族啊。」

「當上班族要有大學文憑啦。上班族禮拜天不用上班，禮拜六又只有半天班，而且不用煩惱錢的事情。」

收音機播放著哀傷的演歌，父親只喝啤酒，沒吃壽司。後來父親終於下定決心，說出恭一最怕聽到的話：

「恭仔，爸爸還有事情要忙，你去淀橋的親戚家吧。從角筈搭巴士坐兩站就到了，明白嗎？」

那是父親的表哥家，離新宿並不遠。

「他們家的兩個孩子也放暑假了，你先去那裡玩，等我去接你。」

恭一呆若木雞，口中的壽司都忘了咀嚼，好不容易才吞下肚：

「你今天會來接我嗎？」

父親給不出明確的答覆。

「這……要看我工作處理得怎麼樣。我沒去接你，你就住下去吧。」

「那沒關係啊，我自己回家就好。我在家等你，你會回家吧。」

恭一想求父親不要拋棄他，但他說不出口。

「不行不行，你去親戚家。我會先打電話通知他們。」

接著，父親把大筆的零用錢和公車票券塞進恭一手中。

父子二人就在角筈的公車站分別了。

「那我在這裡等你。我會一直等你，你要回來。」

「你怎麼講不聽呢？就跟你說了，我不知道今天能不能回來啊。」

「反正我在這裡等你，我會等到最後一班公車，所以你盡量趕回來。」

父親應該聽懂了。天也黑了，父親在路上蹲下來，抱住恭一的肩膀說道：

「還是當上班族好。恭仔，記得要好好念書，以後去大企業上班，知道嗎？」

恭一好想大叫。是不是當了上班族，就不會拋棄自己兒子了？

父親就這樣走了。

恭一在角筈的公車站，等著不可能回頭的父親。

那天晚上濕氣很重，街燈的白色光暈，都渲染著淡淡的霓虹燈光采。起先，恭一眺望著來來往往的車輛，後來發現短褲口袋裡有一塊石材，就在路上畫起了戰機。

公車站周圍多了一大群戰機和戰艦，父親還是沒有回來。

塗鴉畫到餐廳的門口前，被餐廳的店員責罵，恭一乖乖道歉，沒想到店員挺溫柔的，還關心他一個小孩子在這做什麼。

恭一說他在等父親，說到心酸處，難過得咬著嘴唇。他知道父親不可能回來，但他又怕自己變成孤兒，只好一直等下去。

等到深夜餐廳都關門了，店員哼著走音的民謠，開始洗刷恭一的塗鴉。店員拉下鐵捲門時不耐煩地看了他一眼，從店裡拿了一瓶冰涼的汽水給他喝。

恭一目送好幾班公車離去，車上的乘客也越來越少。每開過一班公車，恭一心中的空洞也破得更大。一看到空無一人的公車開來，恭一的心也被掏空了。

開往荻窪的最後一班公車來了，爲數不多的乘客也都下車了。

「這是最後一班車囉——小弟弟，你不搭嗎？」

車掌正要關上車門，探出頭來關心恭一。恭一上車之前，再次望向角筈街頭。

店家都熄燈了，路上只剩野貓群聚。

淀橋的親戚是專門做澡盆的。

伯母在車站等恭一到來。她說父親有先打電話通知，所以她等了兩個多小時。

「對不起，伯母。」

「恭仔，這不是你的錯啦。」

伯母也沒再多說什麼。

其實恭一很清楚自己的遭遇，他只是怕被大人看穿，才故意佯裝成無知的小孩。

「伯母，聽說立教大學的長嶋茂雄，明年要加入巨人隊，是眞的嗎？」

「這個喔……伯母不曉得耶，你晚點問伯父吧。」

牽著伯母的手，恭一想起了母親的溫暖。

走過成子坂坡道，伯父在工房前面擺了一張長凳，坐在上面喝啤酒。跟恭一同輩的保夫和久美子，蹲在地上玩仙女棒。

「啊，恭仔來了。」

穿著睡衣的久美子，踩著木屐跑了過來。

「恭仔，聽說我們以後就是一家人了是嗎？」

「妳小孩子別亂說話。」伯母斥責久美子。

「是爸爸跟我說的啊。他說伯母去世了，伯父又不知道跑哪去，以後恭仔就是久美子的哥哥了。」

嬌小的久美子抱住恭一。恭一用手摀住眼睛，再也忍不住淚水。

3

「怎麼可能有那種事啊？一定是你喝到爛醉看錯了。是說……這也不怪你啦。」

空蕩蕩的客廳，夫妻二人來到窗邊談天，久美子笑著說，今天她難得陪丈夫喝啤酒。久美子也小有年紀了，但她畢竟是土生土長的新宿人，站在新宿這片摩天高樓的夜景之下，看起來仍是風韻猶存。

「是嗎？我看得很清楚耶。」

「你自己想想，現在哪有人會戴巴拿馬帽，身上還穿麻料的西裝？」

「就是這樣我才覺得奇怪。那種裝扮我怎麼可能看錯？先不說那是不是我爸，我確實看到有個男子打扮成那副德性，在馬路對面晃來晃去。」

「那是幻覺啦，你看到幻覺了。不過，說來也挺悲哀的。對了，夫君大人，今晚我們要睡哪啊？」

貫井回頭一看，臥房內連床鋪都沒有。

「對不起喔——買方說我們搬出去以後，他們想馬上搬進來。所以啦，床鋪我只好趁今天丟掉了，大型垃圾只有今天收。」

現在時機不好，中古公寓還賣得到好價錢實屬幸運，大概是老婆顧慮到買方的需求，買方出價也爽快吧。

「丟掉怪可惜的，怎麼不留下來給人家用呢？」

「恭仔，我說你啊——」

久美子直呼丈夫的小名。

「你也站在對方的角度想想。沿用其他家具也就罷了，哪有人沿用別人的床鋪？」

「嗯，這麼說也對喔。」

那張雙人床是二人新婚時，用分期付款買下的。丟掉那張床鋪，彷彿拋棄了二十多年來的回憶，這才是他覺得可惜的原因。

夫妻倆從小到大情同兄妹，老實說也沒有戀愛情感。久美子大學畢業後，伯父開玩笑要他們試著交往看看，結果就眞的在一起了。

二人曾經在那張床上，笨拙地摸索相愛之道，花了大把時間培養感情。

「而且啊，買方說那間房要當小孩子的房間。」

每當老婆提到「孩子」這兩個字，貫井就感到心虛。他害久美子無緣當母親，這是他對久美子最大的虧欠。

「家裡還有寢具吧？」

貫井轉移話題。

「你說寢具喔——你聽了不要生氣喔？」

「好，我不生氣。」

「今天啊，大哥來搬走電視和整套沙發，我不小心連寢具也放上去了。等他車子開走，我才發現不妙，眞是夠粗心的。」

夫妻倆靠在一起笑了。

「久美妳是粗心，阿保也是啊，跟以前一個樣。」

「那當然啦，我們是兄妹嘛。」

語畢，久美子抱住膝頭，似乎還想說點什麼來彌補剛才的失言：

「抱歉啊，恭仔。」

「咦──怎麼了嗎？」

「我這個人就是話多，常說一些奇怪的話。當然我一直很注意，怕說出傷到你的話。」

貫井從小就感受著久美子無微不至的體貼。一想到未來在海外度過餘生，老婆跟自己相處還得謹言愼行，貫井眞是無比愧疚。

「是說，伯父爲何不願意讓我入你們家戶口呢？」

「這……因爲他相信，你父親一定會回頭。」

「但是，我爸沒有回頭啊。」

貫井不屑地罵道，內心一陣酸楚。被父親拋棄的那一天，是他唯一一次用淚水怨懟父親的無情。他不由得摀住雙眼，感嘆自己眞的老了。

久美子摟住他的肩膀：

「我說你唷，太敏感了啦。再說，你要是當我哥哥，我們就沒法結婚啦。」

「我一直很想叫伯父一聲爸，還有伯母也是，我也想喚她一聲媽。每次聽到你們兄妹倆叫爸媽，我就覺得自己給你們添麻煩了。」

「你才沒有給我們添麻煩。爸媽還在世的時候，始終以你爲榮。他們說，恭仔是我們家的驕傲。」

東大放榜的那天，全家人還一起到東大校區看榜單。有這麼多家人陪伴的考生，放眼望去只有貫井一人。看著喜極而泣的家人，貫井還是有種疏離的感覺。

「恭仔，我知道現在提出這種要求有點怪……你以後都叫我久美子好不好？」

「現在改稱呼，怪不好意思的。」

「反正我們要去一個人生地不熟的地方，也沒人認識我們。就聽我的嘛，好不好？」

貫井心想，久美子如此溫柔體貼，自己根本無以爲報。

久美子的父母也同樣體貼。

貫井念中學的時候，通訊錄上還特別註明他寄住在「崛內家」，他很討厭這一點，因此拜託伯父讓他改姓。貫井沒有提出要當養子的要求，但意思也差不多了。

「原來還有這件事，我都不知道呢。」

「妳猜伯父當時說什麼？」

「我想想喔——他是不是說，傻小子，幹麼做這麼麻煩的事情啊？」

「不是不是。那時候他在工房裡面刨木桶，順手拿了一塊小木頭做門牌，還用麥克筆寫了『貫井恭一』四個字，字跡歪七扭八的。他說，掛上這個就不像寄住了吧。」

「啊啊，原來喔，那塊門牌一直掛著沒拿下來呢。不曉得大哥有沒有注意到。」

「怎麼可能沒注意到呢，阿保人也好，所以沒拿下來罷了。」

「是說——」久美子心血來潮，不但放下長髮，頭還靠在丈夫肩上。久美子的呼吸平靜溫順，頻率跟窗外摩天大樓閃爍的紅燈一樣。

「既然這樣，爲什麼我爸不讓你入戶口呢？你都已經表明心意了。」

「一定是他相信我爸——」

一提到自己父親，貫井心頭又是一陣痛楚：

「一定是他相信我爸會回頭，除此之外沒其他可能吧。」

「說不定他是想把我許配給你啊。」

「啊，對吼，這也有可能。」

「他一定不想失去你，跟我結婚的話，你就是真正的兒子了，好方法啊。而且——」

久美子忽然沉默了，貫井很清楚她接下來想說什麼。

「對不起喔。」

「沒關係，是我對不起妳。」

貫井知道他欠久美子一個道歉。現在不道歉，以後就沒機會了。

「而且，爸一直想抱抱我們兩個的孩子。」

這是老婆剛才想說的話吧。

貫井沉聲道歉，眼淚也掉了下來：

「我根本有毛病。總是說自己還年輕，未來可能會到外地任職，所以不生小孩。其實這些全都是藉口。」

「好了啦，恭仔，別說了。」

「我只是害怕當父親，這才是真正的理由。看著妳的肚子一天一天大起來，我真的怕得不得了。」

「別說了，拜託你。」

「我甚至不知道墮胎是一件多危險的事情，是我毀了妳，久美。」

貫井像個小孩子一樣，不停地道歉。說了十句對不起以後，再也說不出話了。

老婆抱住他顫抖的身體，溫柔得無以復加：

「沒關係啦，恭仔，我都明白。我知道你當初爲什麼會生氣，那也是你頭一次罵我。我們認識了一輩子，你就只有那一次罵過我——對不起，你不要哭了啦。」

當晚，貫井和老婆抱在一起睡覺，如同比翼的小鳥。

久美子的吻依舊生硬、笨拙，和二十年前的初夜一模一樣。

4

角筈這個地名早已被遺忘。淀橋、柏木、十二社這幾個老地名，在新宿的地圖上也已經找不到了。

保夫喝著酒抱怨，政府爲了精簡區劃，抹滅了他們故鄉的名字，實在太不講理。

「不過恭仔啊，仔細想一想，很多人都賣掉自己生長的土地遠走高飛，老實說我們也沒法理直氣壯地指責政府啊。」

這話聽起來頗有不甘心的味道。

緊鄰新宿新都心的那些區域，在地價飛漲的時代，每坪曾經喊到一億日元。許多居民在那時候放棄父祖輩傳下來的土地，也算情有可原。

保夫沒趁機賣掉土地，還得支付高昂的固定資產稅和繼承稅，也難怪他心有不甘。

貫井和老婆決定，回淀橋老家度過在日本的最後一天。

久美子和大嫂一起帶著小孩出門購物，貫井好多年沒和保夫一起喝酒了。

「久美子果然生不出孩子啊，眞是難爲你了。血緣太親近或許不是件好事。」

「沒有的事，是我太忙了。」

昨晚他和妻子床前夜話，幻想著未來在海外安定下來，要找個日裔小孩當養子。

貫井望著午後的小庭院，戶外下著柔和細雨。腐朽的圍欄外頭，蓋起了一棟又一棟的鋼筋水泥大樓，唯獨這棟房子的樣貌不改當年，簡直是奇蹟。

「對了，長嶋也六十多了呢，這你敢信？」

「是喔，我還眞不敢相信。我們也老了，過去也都是三號球員，時光飛逝，眞令人感傷啊。」

保夫大白天喝得整張臉紅通通的，笑容十分燦爛。

小學的時候，保夫是三壘手兼第四棒強打，恭一卻是個坐冷板凳的。保夫把自己光榮的三號讓給恭一，同時壓下了其他隊員的閒言閒語。

「還有啊，我們以前念的小學要廢校了。」

「真的假的——」

「很感傷吧，我們三個都念過那間學校嘛。」

「我是二年級下學期轉過去的。」

「恭仔，你從小到大都考第一名。大家都很傻眼，明明是有血緣關係的親戚，怎麼頭腦會差這麼多呢？」

「害你有壓力了？」

「這倒沒有啦，只是覺得天資不同罷了。」

同年紀的保夫中學畢業後，就去念工業高中繼承家業，恭一則就讀都立的升學高中。從小他們擠在兩坪大的房間睡上下鋪，一直到恭一考上東大搬去學生宿舍。

恭一看著沾滿手印的拉門，兩坪大的小房間後面，還有一坪多的小房間，那是久美子以前的房間。而這個客廳也才三坪，住這麼小的房子還要多收養一個孩子，在那個貧困的年代可不是件容易的事情。

講句鄙俗點的——當年伯父伯母才三十多歲，可能就無暇享受魚水之歡了吧。

恭一打開一旁的玻璃門，看著老家的工房。過去那裡堆滿木材和木屑，現在已經整理乾淨，用來放一些全新的木製水桶。

「都是被超市退貨的水桶啦。沒辦法，只好擺在自家門口賣。是說，現在也沒人會買杉木的水桶了。」

保夫的自嘲令人感傷。見時機成熟，保夫立刻切入正題。

「跟你說，恭仔。有件事我一直瞞到今天才說，你聽了不要生氣啊。」

「嗯——怎麼了？這麼煞有介事的？」

保夫放下酒杯，正襟危坐。

「我打算賣掉這棟房子。」

保夫做了大半輩子工匠，指掌粗糙厚實。那雙大手拘謹地放在膝頭上，活像在乞求兄弟的原諒。

「我稅金都繳不出來了，生意差你也看到了。早知道就該趁時機好的時候賣一賣，拖到現在眞的撐不下去了。與其最後被法拍，不如便宜點賣掉算了。」

「你需要錢我加減有一些，我公寓才剛賣。」

「不用不用。」保夫搖搖手說道。

「你的心意我很感激，我不是缺錢。我的意思是，現在撐過去了，也解決不了根本的問題啊。賣掉這棟房子，欠的全部還清，至少還能在郊區買間公寓嘛。銀行也是勸我們賣掉比較好。」

「阿保，那你以後怎麼辦？」

「是有資材廠願意用我啦。只是，都這把年紀了才做受薪階級，也是挺不安的。」

「久美知道這件事嗎？」

保夫猶豫了一會，又替貫井倒了一杯啤酒。

「我沒跟她說，都嫁出去的人了，這件事跟她沒關係啊。」

恭一本想反駁，最後還是選擇沉默以對。保夫的說法不太婉轉，但是倒也合乎情理。

「恭仔，這件事我需要你的諒解。我是不是太不孝了？」

眞要說不孝，恭一認爲自己才是最不孝的。他整天忙著工作，都沒時間回報伯父伯母的養育之恩。甚至——還造成久美子的不幸。

「久美子有稍微提到你的事情。你壓力也大，所以我也不好開口，就擅自做決定了。」

房子四周都是高樓大廈，陽光也照不進客廳裡。庭院的微風吹動屋簷下的風鈴，音色聽起來好悲哀。那是他們小時候掛上的風鈴。

或許，保夫未來在郊外買公寓，門外也會掛上「貫井恭一」的老木牌吧。

一想到那樣的光景，恭一心痛得低下頭來。他有太多事情必須交代，但眞正說出口的只有一句話：

「阿保，我——我害久美過上了不幸的人生。」

恭一沒有任何不良嗜好，頂多偶爾參加一些推不掉的酒席，也從來不曾出軌。然而，他眞的非常後悔，害久美子過著不幸的人生。

「你胡說什麼啊？」

保夫狐疑地反問。

「大公司職員經常派駐海外，她跟你走很正常吧？」

不是這樣的，恭一在心中嘶吼著否定。

他想起自己被拋棄的那一晚，這些家人在外頭迎接他的景象。

伯母的手掌好溫暖，年幼的久美子跑來抱住他。沉默寡言的伯父，坐在長凳上對他露出溫暖的微笑。保夫也揮舞雙手，歡迎他到來。

他只是一個遠房親戚，內心還深藏難以化解的不幸。而這家人做了一個溫柔的決定，他們決定賭上自家的一切，來治癒這個小孩的痛苦。

後來恭一考上東大，到大企業高就，內心的痛依舊沒有痊癒。伯父大概看出了這一點，才把治癒恭一的使命，永遠託付給久美子吧。

結果呢？自己卻害久美過上了不幸的人生。

「久美子很幸福啊。恭仔，你在胡說八道什麼？」

不是的，阿保。我自己放不下那一晚的傷痛，害久美過著不幸的人生。我剝奪了她爲人母的權利，還害她跟我遠走他鄉。

貫井自問，這一切罪孽會不會有向保夫懺悔的一天呢？

要出門的時候，貫井接到了一通意外的電話。

貫井先說出內心的疑問：小田是怎麼知道他在哪裡的？原來小田有先打去公寓找人，但公寓電話沒人接聽，就調閱了過去的職員通訊錄。

想必小田打遍了東京和灣區的旅館找人，才想到這個可能性。他應該有先在公司裡四處打聽，得知貫井最後可能會去的地方，正是以前的老家。虧他找得到人。

小田佯裝平靜的口吻，彷彿他一開始就知道貫井在哪裡，並沒有大費周章找人。

——哎呀，幸好有趕上。貫井先生你搭幾點的班機？是晚上七點的巴西航空，還是晚上十點的日航？

——好了啦，你問這個幹什麼？

——讓我送你一程吧，我一個人去。

——算了啦。企畫的事情已經塵埃落定，你這樣太不乾脆了。你們幾個早點看開吧，再見啦。

貫井正要掛斷電話，小田大聲呼喊。

——今天公司宣布了人事異動，我九月就會接替你的職位。

——我的位子你來接？恭喜你啊。營業部長可是重中之重，加油。這樣很好啊，小田。看你晉升我也沒遺憾了。

突然間，耳邊傳來一陣低沉又壓抑的喟嘆。

——哪有這種道理的？上面的把你踢掉，然後就當什麼事都沒發生過一樣？

——喂，你講話注意一點，旁邊沒其他人偷聽吧？

——有人偷聽我也沒在怕。貫井先生，你也表示一下意見啊？這種鳥事說不通吧。岡田晉升企畫室長，富山也當上了祕書課長。所有企畫成員都升官了，只有你被發配邊疆，這不對吧？大家都在我旁邊，每個人都哭了，我叫他們跟你講。

——好了，不用這樣。這代表我的部下很優秀啊。

——不是，我不是這個意思。你應該了解吧，咱每個人都……不好意思，我太激動了。我們都是你一手栽培起來的，大家從菜鳥一路幹到課長，全都仰賴你的提攜啊。

——你錯了，小田。你們很優秀，應該說，有你們這麼優秀的部下是我的福氣。

那些部下在電話的另一端義憤填膺，小田大概是開擴音在講電話吧。

——大家都在討論這件事，我們一定會替你報仇雪恨，被發配邊疆也在所不惜，一定要讓你回來總公司。

——少給我講這些蠢話！

貫井破口大罵，電話的另一端沉默了。

——這些話啊，等你十年後當上了高階幹部再來講。聽好了，這是我最後一道指令。不要胡思亂想了，小田、富山、岡田，你們都給我當上高階幹部。到時候高層會議一致同意要讓我回去，我就乖乖回去。除非是所有高階幹部共同發出的人事命令，否則我不會回去。

小田壓低聲音啜泣。

再過十年——就算他們實現了這道指令，到時候貫井回來日本，也剩沒多少時間可以一展長才了。

——對不起，我們會努力的。

其他部下也跟著小田宣示決心。

——別來送我了，你們會打擾我度蜜月。

語畢，貫井掛斷電話。

5

里約熱內盧，遠在地球的另一邊，距離日本最遙遠的國度。

從成田機場飛到洛杉磯國際機場，再轉機到聖保羅，總共要二十一個鐘頭。

二十多年來，貫井跑遍世界各地出差，就是沒去過那家分店。

上一任店長年歲大了，資歷比貫井多十幾年，在當地也待了很久，簡直像被總公司遺忘了一樣。人事部門還沒通知那位店長，貫井就先打電話問候，表明自己將繼任店長一職。起初對方還以為貫井在開玩笑。

等工作交接完，老店長也要退休了。事到如今回日本也沒事幹，他打算取得巴西的永久居留權，在日本人經營的咖啡園度過餘生。

這樣的人生似乎也不壞。

坐在計程車上，看著窗外一幕又一幕的故鄉風景，有種在看黑白電影的感覺，或許是失意到谷底的關係吧。貫井絲毫感受不到憤怒、希望、怨嘆。

大白天和保夫喝了不少啤酒，酒力也開始發作了。四肢莫名燥熱，感覺挺暢快的。他神智並不清醒，但也不想睡覺，就只是愣愣地眺望新宿的景致。

傍晚尖峰時段，新都心的交流道也管制了。離晚上十點的航班還有一段時間，貫井請司機開回靖國大道，從都心的交流道開往高速公路。

「久美，有件奇怪的事情我想問妳。」

「你問啊，不要講太嚇人的事喔。」

老婆答話時，依依不捨地看著故鄉的風景。

「妳還記得我爸嗎？」

「你說住中野的那個？——稍微記得一點，有戴眼鏡對吧？總是穿西裝打領帶，身上還有髮蠟的味道。」

「打扮還算風流倜儻是吧？我也記得他是那種裝扮，而且一定會戴帽子。」

總公司大樓的上半部，全都被烏雲遮住了。

「這一帶以前是淨水廠，你還記得我們以前去偷抓魚嗎？」

「保全追著我們跑，只有妳被抓嘛。」

「大哥他跑走了，你卻回來找我，我從那時候就有點喜歡上你了。」

「其實我也不是回去救妳的。」

「什麼嘛，原來是這樣，眞失望。」

「我純粹是想活得光明正大，我一直都是這樣想的。」

恭一對自己的人生很驕傲，唯獨在老婆面前這種話說不出口。

新宿持續下著綿綿細雨，車子開到新宿高架橋，可以一望傍晚的歌舞伎町，老婆這才想到恭一問那個問題的用意。

「恭仔，你還在想昨天的事情？」

恭一沒有答話，只顧著看撐傘的人流。

「那是你的錯覺啦。整天煩惱那種事情，小心腦袋壞掉。電視上也有報導，四十多歲就可能罹患老年癡呆症。」

恭一也覺得自己看錯了，他既不信鬼神幽冥之說，也不信時空旅人這碼子事。他只是想試著去相信另一個可能性。

當年他搭乘最後一班公車去寄人籬下，也許父親和那個女人分手，還回來角筈找他。說不定父親在深夜的大街上奔跑，找每個路人和流浪漢，甚至跑去快關門的店鋪，問他們有沒有在附近看到一個八歲大的小男生。

如果父親找不到他才跟那個女人復合，那也沒關係。哪怕父親仍然想拋棄他這個兒子，也沒關係。他只是想試著相信，父親曾經有回去找他，要跟他好好道別。

父親可能有不得已的苦衷吧？恭一也因爲長年的心病，扼殺了自己的小孩，事到如今他也沒資格責備父親。他只是希望父親像個男子漢一樣，直截了當地說要拋棄他這個兒子，不要說謊。

歌舞伎町亮起了五光十色的霓虹燈，計程車開在歌舞伎町的大道上。恭一凝神注視著公車的候車亭，尋找父親的身影。

恭一無論如何都想見父親一面。未來就要流放海外度日了，爲了無端受牽連的妻子，他得撥亂反正才行。

計程車開過了角筈的喧囂。

恭一嘆了一口氣，放鬆身子癱在座椅上，突然間在花園神社陰暗的參拜小徑上，看到了白色的夏季西服。

「抱歉司機，請在這停一下。」

計程車在號誌前方趕緊停了下來。

「你怎麼了？」

「沒有，也沒什麼。就想去花園神社買張符討個吉利，我很快回來，妳等我。」

這一次也是錯覺吧，前方道路飄著一層霧雨。

花園神社的參拜小徑，被一整排銀杏和櫻花樹的枝葉罩住。恭一走進鳥居之前，重新繫好領帶，扣上西裝外套的鈕釦。

「爸……？」

如隧道般陰暗的石板地，被街燈照出一塊明亮的小圈，父親就茫然地站在那裡。同樣戴著白色的巴拿馬帽，配上一身麻料西裝，跟往日別無二致。

「喲，恭仔。我找你好久了，原來你在這啊。」

父親臉上的鏡片，反射著靖國大道的街燈光源。

「你終究回頭了，對吧。」

父親緩緩走向恭一，不知該做何答覆，令人懷念的髮蠟味道也撲鼻而來。

到底該說些什麼才好呢？

「爸……長嶋果然加入巨人隊了。」

「哦，這樣啊。是說我一個當老爸的，連陪兒子玩球都沒做到。」

「沒關係啦，阿保每天都有陪我玩。伯父也有買球衣給我，是三號球衣喔。」

父親低著頭聽恭一說話。沉默了一會後，父親推了推眼鏡，總算下定決心開口：

「我有話要告訴你，願意聽我說嗎？」

「嗯，你說吧。我不會哭，也不會生氣，把你心裡的話都告訴我吧。」

父親來到伸手可及的距離內，點了點頭，父子倆的身高幾乎一樣高了。

「其實，爸爸我現在壓力很大。」

「嗯，我知道。」

「你媽去世，公司也經營不善，我在東京待不下去了。我得去遠方暫避風頭，但你年紀還小，我又不能帶你走。況且——那個大姊姊也不希望你跟去。」

難不成，父親是爲了女色放棄親情嗎？不，應該不是的。父親一定是爲了兒子的幸福，才選擇這個方法吧。父親的表情充滿痛苦與無奈，眼神卻很溫柔。

父親很坦白地說道：

「恭仔，對不起啊，爸爸拋棄你了。」

這句話恭一等了大半輩子，他用西裝的袖子摀住眼睛哭了起來。

父親拍拍他的肩膀，他放聲大哭，生平第一次說出怨言：

「爸，我有聽你的話當一個上班族，也有好好念書。我念到大學，當上了你夢寐以求的上班族。」

父親打量著恭一的身段。

「是嗎？了不起啊，眞的了不起。」

「我沒輸給任何人。我從小學到高中，都是考第一名，從來沒輸過。進入大企業就職也是第一名。」

「你很努力啊，恭仔。」

「嗯，我眞的很努力。老實說，我遺傳到你的血統，腦袋也不是很好。」

「喂喂，這話是不是過分了一點？」

「而且我膽量不大，體格也不怎麼樣。所以，我非常拚命。沒辦法，我是孤兒，不能再輸給任何人了。萬一我輸了，人家就會嫌棄我，嘲笑我是被父親拋棄的孤兒。這等於是害你跟媽被人唾棄，所以我不能輸。拚到第二名還不夠，第二名還會被第一名的嫌棄，我不能輸給任何人。」

父親聽了，摀住嘴巴壓抑激動的情緒。帽簷也稍微往上拉，抬頭仰望著街燈。

其實，恭一還有更多委屈辛酸沒有說出口。他成爲優秀的上班族，卻無緣當上一個好的父親。這些怨言他硬生生吞了下去，不願再傷害父親。

理智告訴他，眼前的父親應該是亡靈現身。換句話說，父親早已不在人世了。跟父親重逢的喜悅，轉眼變成了深沉的悲哀。

「爸。」

「怎麼啦？」

「你是不是去世了？」

父親用帽簷遮住大半的表情，嘴唇卻在發抖，一個字也沒說。

「告訴我，你什麼時候去世的？原因是什麼？在哪裡走的？」

對亡者來說，這是最煎熬的問題了。父親痛苦地嘆了幾口氣。

「我在九州走的，離開你沒多久就走了。整天酗酒用藥，把肝臟搞壞了。」

「所以你才沒來接我是嗎？」

父親點點頭，淚水自纖細的下巴滑落。

「我有從醫院打電話找你，希望在死前見你最後一面。」

「我不知道有這件事。」

「你伯父沒告訴你吧。他在電話中罵我，說我沒資格見你。不過，我拜託他的事情，他應該有做到。」

「你拜託他什麼？」

一陣風勢吹動周遭的枝葉，斗大的雨滴落在巴拿馬帽上，發出滴滴答答的聲響。父親靜靜地抬起頭說：

「我答應他一定會去接你，求他保留你原來的姓氏。一個小孩子姓氏改來改去，太可憐了。」

「你這理由太自私了，我一直都想當伯父的兒子。」

「我很清楚自己的身體狀況，不可能去接你團圓了。可是，我也不希望自己兒子當別人家的小孩，畢竟我們也一起生活了這麼久。」

恭一想起母親死後，父子二人相依爲命的孤獨生活。那兩年，父親還要身兼母職。

「爸，對不起。現在我才明白，你當時眞的累了。我沒說錯吧？公司經營不善，每天還要忙著洗衣煮飯，你早就撐不下去了。對不起，那時候我不懂。」

「你講的那些，都不是拋棄兒子的正當理由。你爸我，純粹是一個懦夫、小人。最後還弄壞自己身子，沒去接你團圓。所以——我還拜託你伯父一件事情。」

「什麼事情？」

父親總算破涕爲笑。

「你應該很清楚吧？」

「……我不知道，你到底拜託伯父什麼？」

「我跟他說，萬一我沒去接你團圓，請他們繼續陪伴你，不要放你一個人，因爲你從小就怕寂寞嘛。最好是把久美許配給你，讓你們永遠保持這一份連繫。你伯父也的確是這麼做的吧？」

恭一凝視著父親，點了點頭。父親臨走前，留下了一個未來給他，而且那是爲人父母者才能洞燭的先機。

「夫妻生活還順利吧？」

全世界大概只有久美子，願意帶給恭一幸福，無條件相信他的人品吧。

父親笑了，身形也越見朦朧。恭一趕緊立正站好，恭敬地低下頭來。

「謝謝你，爸。眞的，謝謝你。」

父親的身形消失，只剩下聲音在耳邊回響。

「對不起，讓你過得這麼辛苦。是爸對不起你啊，恭仔——」

再次抬起頭，四周只剩下濕漉漉的陰暗樹林。

久美子來到他身後，撐起了一把傘。

「你不是要買護身符？」

「護身符？——啊，神社的事務所沒開啦，走吧。」

「還特地跑來這地方拜拜，你也眞是怪人。」

走過鳥居，恭一回頭望著雨中的石板地。

「久美子——」

「咦？……你是怎麼了，你剛才叫我什麼？」

「我叫妳久美子啊，不好嗎？」

「呃，不會啊。你要這樣叫也沒關係，只是感覺怪不好意思的。」

煙雨朦朧的老街區，再也看不到父親的身影了吧。

恭一和老婆走在雨傘下，伸手抱住老婆的肩膀。到了成田機場之後，利用等候飛機的時間找個地方吃壽司吧。

現在，他對故鄉已經沒有留戀了。

乘 車 券
1995-11-30
18:35 發車
前往 ▶ 伽羅
3號車5排A座
JR-KIHA12

1

那家店的確切位址我並不清楚。

記得是在常陸宮親王的府邸附近，也就是在廣尾一帶。同行當初就是這樣介紹的，所以我記不得詳細位址。

幾年前我一時興起，想去懷舊一下。無奈廣尾一帶景物全非，連要回味過往情懷的機會也沒有。

都二十年前的事了，道路重劃遍及惠比壽、澀谷橋，乃至溜池一帶，沒準那家店早就被拆除了吧。

廣尾地區在蓋起高樓大廈之前，好歹也是親王住的地方，豪門府邸不在少數，這種街區在東京可不多見。一家典雅的時裝店開在這種地方，怎麼想怎麼怪。

不過，那家店確實存在。高大的櫸樹和銀杏枝繁葉茂，樹枝都長出圍牆外了。站在外頭的石板坡道，幾乎看不到頂上的天空。

當時，同行朋友在酒吧的餐巾紙上隨手畫了一張地圖給我。我看著那一張地圖找了老半天都沒找到，正想開車打道回府。

對了，那是一個下著小雨的悶熱夜晚。我開動雨刷清掉擋風玻璃上的水珠，前方突然冒出一塊白色的螢光看板。我只記得自己吃了一驚，反倒沒有找到店家的感動。店鋪在我經過好幾次的路上憑空冒出來，彷彿在嘲笑我缺乏耐心一樣。

也不對，那條坡道有整排銀杏，外加一面白色的護欄。東京那些達官貴人住的地方，多半都有同樣的景致。因此，所謂的憑空出現肯定是我的錯覺。畢竟那裡沒有醒目的地標，天上又下著濛濛細雨，我才會漏看那條坡道吧。

那家店的名字叫「伽羅」。

業務員在客人面前永遠要保持開朗。哪怕你業績壓力再大、手頭再拮据，甚至在外頭惹出了一屁股風流債，也不能違背這個大原則。身爲一家成衣廠的業務員，每天要跟精明的女店主打交道，這是唯一重要的特質。

頂尖業務員絕不是相貌出眾或打扮入時的人，而是口若懸河又阿諛奉承的人，這個標準放諸任何廠商皆準。所以，我們只有在新年拜訪客戶，或是邀請客戶參觀展場的時候，才會穿西裝打領帶，平常跑業務都是盡量穿得休閒輕便一點。

那一天我同樣穿著紅色的格紋襯衫，底下搭配白色的牛仔褲。之前負責該區域的業務員告訴我，穿得輕便討喜也不能過於邋遢，否則很難博得那些老女人的歡心。

有鑑於此，乾淨亮白的牛仔褲是我的註冊商標。我在踏入店鋪前，先對著展示窗檢查過自己的服裝儀容，所以記得當天穿的襯衫花紋。「伽羅」一看就是很典雅的時裝店，你進門前一定會想檢查自己的裝扮。

高級時裝店的營業額多寡，和店鋪的地段沒有太直接的關聯。即使地段偏僻，有穩定客源的店鋪就是會散發出一種獨特的氣息。

同業朋友欠了我一點人情，才把這家店介紹給我。現在我終於明白他開口前為何要故作神祕，不肯輕易示人。

店鋪周圍都是大樹，我想不起來那家店是獨立的店鋪，還是租在大樓的一樓。也有可能是開在老舊透天厝的一樓吧。

店鋪的外牆爬滿藤蔓，展示窗前面種了一排鳳仙花，開得很漂亮。一旁還有開著淡紅花朵的樹木。後來我才知道，那叫百日紅。

不過據我所知，百日紅是一種顏色十分鮮烈的花朵，很有野性。但「伽羅」的百日紅文靜又雅緻，簡直不像同一種植物。鮮活的樹幹、葉片，乃至淡紅的花瓣都是如此。

通往店門口的小徑鋪有紫藍色的瓦片，高度略低於外面的道路。白色的螢光看板和古樸的外觀有些不搭調，但大門附有黃銅把手，邊上也有雕工精細的青銅燈。

乍看之下實在不像時裝店，光看地段和店鋪的外觀，比較像舊時代那種幫人訂製服飾的高級洋裁店。

我在展示窗前整理好服裝儀容，開門走進店內，裝出恭敬有禮的聲音打了招呼。

店內掛著天鵝絨門簾，門簾後方傳來女子回話的聲音。

「您好，這麼晚了還來打擾實在抱歉，是布洛涅的小谷介紹我來的。」

「你好。」門簾後方又傳來一陣模糊的答話聲，女子遲遲不肯現身，似乎是在裡邊梳頭髮吧，我還聞到香水的味道。

那是一間方形格局的店鋪，大約十坪左右。我利用等待的時間在店內逛了一下，觀察架上的各式商品。

這家店的主人品味不錯，賣的都是高檔名牌貨，看得出來是精挑細選過的。才八月中旬就已經全換成秋季新品，沒有一件短袖服飾，顯見店主的經營手腕不錯。

我記得店裡的照明有點暗，可能是年代久遠，記憶模糊的關係吧。時裝店裡的採光怎麼可能不明亮。

我忙著欣賞牆上年代久遠的壁毯，女店主終於走出門簾。

「感謝店主抽空見我——」

當下，我被女店主的美貌驚呆，忘了接下來該說的話。

通常會開時裝店的女人，不管外表長得怎麼樣，多半是尖酸刻薄的中年婦女，生平也不乏奇聞軼事。我每天面對的都是那種女客人，因此眼前的店主讓我很意外，她一看就是高級住宅區裡端莊賢淑的少婦。

「是布洛涅的小谷介紹我來的……」

女店主收下我的名片，她的手像瓷器一樣潔白無瑕。

「小谷先生有打電話跟我提過，您是南青山聖多明尼哥的代表對吧？聖多明尼哥是很知名的大廠呢。」

女店主的口音很文雅，現在早已沒人那樣講話了。但她用起來很自然，一點也沒有矯揉造作的氣息。

一頭漆黑的秀髮整理成高貴的盤髮，從她剛才在門簾後方梳頭的聲音來判斷，頭髮放下來一定很長吧。

「你們家的商品我很熟悉，合作條件就依照布洛涅的條件可好？」

店主莞爾一笑，眼角擠出了漂亮的皺紋，年紀應該三十五左右吧。

對方直接提起交易條件，想必爲人也精明，我趕緊搬出業務員的親切笑容說：

「哇啊，您穿的洋裝眞漂亮，是絲綢製的嗎？」

女店主穿著一身暗灰色的洋裝，胸前有大片的垂綴。現在早就沒有絲質的長洋裝了，而且時值盛夏，應該是嫘縈或聚酯材質吧。總之，先稱讚對方穿的衣服漂亮，是幹我們這一行必備的話術。

「多謝稱讚，這只是化學纖維而已。」

女店主輕輕抓起裙襬行禮，活像在跳小步舞曲。光看那輕柔細滑的質感，絕對是高級絲綢製成的。

我記得她的身材挺高䠷的。也有可能是姿勢挺拔，或是脖子細長造成的錯覺。

女店主打開舊式的收銀機，拿出一張名片遞給我。名片的材質是和紙，而且是用毛筆字寫的。

伽羅時裝店　立花靜

「有點像藝名喔。」

「我其實不太喜歡時裝店這個字眼，可是只寫店名，看起來又很像居酒屋的名片。」

我笑著望向展示窗，不好意思正視那張瓜子臉。

雨水打濕了百日紅，兩尊假人穿著豔麗的洋裝，身形映照在玻璃上面，宛如站在陰暗的坡道上。

玻璃上沒有照出女店主的身影，應該是光線或角度的關係。也有可能是客套話說完了，她去泡茶的原故。

我喝了一口紅茶，茶水竟有玫瑰的芬芳。

我們隔著桌子坐在黃色的藤椅上，但我不記得自己跟立花靜聊了什麼。

要說明當年的時裝界景氣有多好，不是一件容易的事。

那個年代人人豐衣足食，時尚很快就成了日常生活的一部分。過去女性的服裝，主要都是實用衣物和訂製的服飾居多，後來出現了高級成衣這種全新的時尚產品。

專門販賣高級成衣的店鋪，被稱爲「時裝店」，有別於一般的洋行和洋裝店。也不曉得這名字是誰起的。

新時代的女性進入職場，不再被家務束縛，西式套裝也成了生活中的必需品，就跟紳士不能沒有西裝一樣。成衣廠順應時代需求蓬勃發展，販賣成衣的小型時裝店在東京開得到處都是。

這種榮景堪稱前所未有的變革，時尚界的發展一日千里，下場就是我們被迫追逐當季服飾和流行趨勢，不分晝夜辛苦工作。

一大早上班就要先弄好前一天的業務報告，核對即將出貨的商品。接著把一大堆套裝和洋裝塞進廂型車，四處拜訪合作的店家。舉凡開拓客源、洽談、交貨、催收帳款，全都是業務員的工作。爲了達成業績，我們沒有假日可休，也沒有下班時間這回事。因此，業務員永遠累得半死。

青山和麻布的主要幹道旁，就是我們這些工蜂休養生息的去處。每天忙到深夜，我們就把五顏六色的廂型車停在路邊，跑去時髦的酒吧談笑訴苦，偶爾交換重要情報。

布洛涅的小谷就是在西麻布的酒吧，偷偷告訴我頂級的客源。那間酒吧還閃爍著藍色的霓虹光芒。

「聽好囉，絕對不能告訴其他人，你要答應我喔。」

小谷還故意吊我胃口。

「那家店的地段不好，一般業務員也不會上門推銷。沒想到啊，他們一口氣訂了一大堆初夏的原價商品。而且全額現金支付，既不會殺價，也不會要求退貨。」

我聽了嗤之以鼻。小谷介紹給我的「頂級客源」，讓我吃過不少次虧。

「你之前介紹我高円寺的那家店，也是這樣講的吧。不會殺價，也不要求退貨？你好意思說喔。」

「這次不一樣啦。我就是要彌補你，才告訴你的——你不信？隨便你啦。我是看那間店還缺一家合作廠商，才打算讓給你的說。」

布洛涅和聖多明尼哥的商品有重疊性，都是做女性上班族的生意，合作的物料供應商和裁縫廠也差不多。前一年還鬧出了挖角首席設計師的騷動，雙方競爭就是如此激烈。

如果我們不是自家公司的王牌業務員，肯定能成爲好朋友吧。

「這麼棒的客源，你爲什麼要讓給我？萬一人家以後只訂我們的商品，你也頭大吧？」

小谷豎起POLO衫的衣領，笑著對我說：

「不會啦，就我們兩家公平競爭啊。我是認爲吼，與其被其他廠商瞎攪和，不如我們兩家共享這個商機比較划算。」

「你是說，讓那間店只做我們兩家的生意？嗯，這主意不賴。」

這確實是有甜頭的合作方式。那時候景氣開始走下坡，商品又供給過剩，老實說我們的營業額也罕有起色。現在有一家店不殺價、不退貨，貨款還全額現金支付，店主的身分也就呼之欲出了。大概是豪門的貴婦，或是有金主支援的外行人，錢太多隨便做點生意玩吧。

小谷也看出我在想什麼，酒杯沒藏住他臉上的笑意。

——簡單說，這就是我得知「伽羅」的緣由。

我第一次造訪的那個雨夜，就賣了三十套秋季套裝。新一季的熱門商品以定價賣出，等於我一個小時就談到了好幾天的營業額。

倘若我積極推銷，立花靜搞不好會買下我車上的所有商品。然而，這是業務員的大忌。遇到這種肥羊不能殺雞取卵，要慢慢剝皮才行——這是我們業務員的常識。

在秋天的節氣到來之前，我沒再去過「伽羅」。我打算等到秋裝出齊全了，再去正式推銷商品順便收帳。

反正那是有錢人開來玩的店，早晚要倒的，差別只在我能否多榨出幾年的油水。這很考驗頂尖業務員的功力。

小谷大概也是同樣的想法，只是沒說出來罷了。

2

九月初，長期出差的社長終於肯回來了。美其名是出國採購原物料和做市場調查，但說穿了就是去海外旅行。現在這個時代歐洲的布料也不稀奇了。再說，只帶一個設計師是要做什麼市調？那個設計師本來還是做模特兒的，根本不是真的設計師。

不過，公司很忌諱這種謠言。社長出來自立門戶才五年光景，就做出亮眼的成績。他本人俊秀的外貌和嗆辣的言行，也是「青山聖多明尼哥」的品牌形象之一。

檢貨中心的收音機，播放著強烈颱風逼近的消息。

藍色保時捷開進地下停車場坡道，把戶外的風雨一併帶了進來。社長下車還不忘甩一下夾克的衣襬，夾克的顏色也跟車身一樣搶眼。管理課課長趕緊出來相迎，社長將車鑰匙丟給課長，看到人就破口大罵。

一下子罵車子沒洗乾淨，一下子又罵商品塞得太滿，檢貨中心散亂不堪等等。真要說起來，這算是社長比較另類的打招呼方式吧。

我正忙著從貨車卸下工廠剛出的貨，社長一看到我就叫了我的名字。

我的車永遠保持得很乾淨，社長不在時我的業績也是頂尖的。當然了，我也沒做什麼會被罵的虧心事。

「喂，你來我辦公室一趟。」

社長說這句話時，表情中帶著一絲疑惑。

「歡迎回來，社長，您出差辛苦了。」

社長也沒理會我，逕自走進電梯。

我們公司雖然是新興企業，員工好歹也有六十多人，一個小業務員很少有機會進社長的辦公室。辦公室內的裝潢極盡奢華，一看就很符合社長的品味。我縮在沙發上，等待社長的責罵。

祕書聽令離開後，社長把玩著領口上的金項鍊，閱讀各項文件。

「你八月的業績有一千萬啊？了不起。」

社長一隻手肘撐在辦公桌上，瞟了我一眼。據說，男人睡過的女人越多就越有魅力，看來這話不假。我們一般人是學不來的。當我發現男人還有這種魅力的時候，就很羡慕不惑之年的男性。

社長找我來不可能是要稱讚我。他很快又變回那張撲克臉，起身坐到我的面前。

「我說你啊，別再穿白色牛仔褲了，跟小孩子一樣。」

指點服裝儀容，更不可能是他找我來的用意。

「夏季業績一千萬，放眼全東京也找不到幾個業務員有這種本事。有這種本事的人，多半都穿白襯衫配領帶。」

社長點了一根小雪茄，又拿了一根給我。我看著他身後的窗戶，秋季的天空活像蒙上了一層絲絹。

「社長，您以前在外面跑業務，也是穿白襯衫打領帶嗎？」

我提了一個單純的疑問，倒也不是想唱反調。我只是無法想像，社長以前會穿成那樣跑業務。

社長從嘴角吐出煙霧，苦笑道：

「沒有，我也是穿白色牛仔褲。」

接下來，社長用夾著雪茄的手指輕撫太陽穴，沉思了一會。在秋季天空的背景下，社長穿著夾克的身形似乎小了一號，不曉得是不是我的錯覺。

社長突然瞅著我說：

「你在廣尾簽下的客戶，我想了解一下。」

「社長是指廣尾的哪一家店？」

「就是你簽的新客戶啊。」

「啊啊，您是指『伽羅』吧。」

我一提起店名，社長緊緊閉上雙眼，彷彿被說到痛處一樣。

那家店的事情我毫無保留都說了。我承認那是布洛涅的小谷介紹的，還有店鋪的地段不太好，但應該有穩定的客源，所以先推銷了三十套秋裝試試水溫。

「新客戶你一下就推銷三十套，沒問題吧？」

「再來就看支付的情況來做決定了。」

「那當然。先不說這個，你也差不多該去看看狀況了，萬一發現那家店有什麼問題趕快撤退。」

「咦——社長的意思是，要把貨拿回來？」

我對這個指示大感意外，社長不是很討厭謹慎的作風嗎？

「反正你照我說的做就對了，我知道你在想什麼。不過，賺那種錢也是要看對象的。聽好囉，不要坑殺那家店。」

「坑殺」是我們的行話，社長偏偏提了一個經營者不該用的字眼。正好，樣板師拿著大衣的樣品進入社長辦公室，我抱著不解的疑問起身離開。

在我關上房門之前，社長又一次叮囑我：

「那種客人交給布洛涅就好，你就不要逞強了。」

我完全不懂社長的意思。

第二次造訪「伽羅」，已經看不到百日紅的花朵了，但底下開出了鮮紅的彼岸花。所以，算起來應該是九月下旬的事吧。

我是傍晚造訪的，窗外來往的行人，在坡道上留下了長長的影子。

我稱讚外頭種的花很漂亮，立花靜瞇起眼睛回答我：

「彼岸花很不可思議對吧，就剛好開在彼岸節的時候，彷彿在祭奠先人。」

那一天，她同樣穿著有大片垂綴的絲質洋裝，一頭長髮盤起來，我出神地望著她美麗的側臉。

這是我頭一次迷上年長的女人。

「承蒙關照，店裡的東西賣得還不錯，幾乎沒剩什麼庫存了吧。」

我喝著帶有玫瑰香的紅茶，看了一下店內的狀況。架上的品項不多，不少地方都擺了布洛涅的銀色標牌。

「布洛涅的商品變多了呢。」

「因爲你都不來啊。」

窗外灑入火紅的夕陽餘暉。立花靜坐在藤椅上拉了一下裙襬，翹起腿說。

「今天賣我一些貨吧，我很喜歡多明尼哥的商品。」

立花靜的口氣溫吞到不像在談生意，她歪著頭面帶微笑，還用手輕撫臉頰。她的肌膚白淨無瑕，傍晚時染上夕陽的色彩，入夜時反照夜燈的光華。

店內播放著悠揚的大提琴樂曲，交織出一段慵懶倦怠的時光。

「我請教一個問題，還請別見怪。」

「沒關係，你問吧。」

「店主，爲什麼妳都沒戴飾品呢？我都沒看到妳戴項鍊或耳環。」

立花靜摸摸自己空蕩蕩的領口和手指，似乎現在才注意到自己沒戴飾品一樣。

「我的工作是賣衣服，穿金戴銀的對客人失禮嘛。」

意思是，她不想搶了客人的風采？問題是，她的美貌本身就違反了這個原則。沒有多餘的裝飾反而襯托了她的美感。客人一定會心生嫉妒，覺得她很傲慢吧。

「我只是人偶罷了。」

輕描淡寫的一句話，聽得我渾身起雞皮疙瘩。她應該是指自己志在銷售不在展示吧，但我還是忍不住望向窗邊的假人。

立花靜從琺瑯包中拿出一個厚厚的信封袋，放在桌子上。

「我知道離付款日還有段時間，你不妨收下吧，只要今天賣我一些貨就好。」

「呃，我今天來不是這個意思。」

「公司一定有警告你吧。才第一次合作，我好像買太多了。可是你也看到了，商品幾乎都賣出去了，我沒有打腫臉充胖子。」

信封裡有全額的貨款，小谷眞的沒有騙我。

「店主，我拿全額沒關係嗎？」

立花靜很意外地看著我，張大的眼睛圓滾滾的，看上去好可愛。其他業務員看到這種外行的付款方式，肯定是一臉賊笑地收下貨款吧。

「怎麼了嗎？」

立花靜觀察著我的表情。

不可否認，我的反應不太正常。「坑殺」是這個業界慣用的黑話，我竟然在思考這種行爲有多齷齪。我不忍直視立花靜純眞的眼神，口中吐出了我自己也意想不到的眞話：

「呃，一般來說，我們廠商拿到七成的款項就夠了。」

「七成就夠了？」

「也就是說，這是業界的慣例。因爲客戶可能會拿到有問題的商品，或是要求退貨。尾款在決算月給就好，而且通常我們都是用季末折扣來打消庫存的。」

立花靜聽了我的說法，稍微思考了一會。

「這麼說來……只要支付貨款的七成就夠了，你是這個意思囉……」

「是的，事實就是這樣。」

「其他的業務員從來沒有告訴過我，這到底是怎麼回事？我不明白。」

我的心境有所轉變，總覺得自己好像在對她示愛。過去在坑殺肥羊的時候，我總是主動獻計實行的那一個。我榨出的油水不輸任何一家大廠的王牌業務，業界還謠傳，我的車子造訪過的店家，連一根雜草都生不出來。

「這才是常態，成衣就是有這麼大的利潤。」

「所以你是說，我一直多付了三成的款項，而且沒有一家廠商告訴我？」

「呃，我倒也不是這個意思……」

我不知道該怎麼回答才好，因爲事實就是如此。時尚浪潮席捲日本，一堆有錢的外行人開起了時裝店，我們大廠就是吸光他們的血成長茁壯的。業界所謂的「坑殺」就是這麼一回事。

「也許不知道比較幸福吧……」

立花靜毫無飾品點綴的纖細五指在膝頭交扣，輕輕嘆了一口氣。

那一天，我只收了七成的貨款，再從車上挑選最頂級的產品賣給她。而她還沒賣完的幾套衣服，我也讓她退了。

「你做這種事，不會被公司罵嗎？」

外頭的天色已經黑了，立花靜站在車門外這麼問我。

「老交情的店鋪，我都是這樣做的。」

那溫柔的笑容和夜色相得益彰，我永遠也忘不了。

我駕車離開的時候，也在思考自己爲何要那麼做。在成衣界做生意講究心狠手辣、當機立斷，道德良心我早就忘光光了。應該說，我本來也不是什麼善男信女。

或許我已經墜入情網了吧。

原來，我根本沒有一個像樣的理由。

3

月底的某個夜晚，我到西麻布的酒吧和小谷碰面。

「看你也挺有進展的嘛，去收帳了喔？」

小谷把一個沉甸甸的手提包放到吧檯上，整個人靠了過來。小谷爲人八面玲瓏，那天晚上他的心情特別好。

「聽我說，你猜我這個月在那家店賺到多少？」

「我哪知道。」

小谷狀似親密地摟住我的肩膀，我把頭別開。他會特意提起，代表數字很驚人吧。

「我賺了一百八十萬，你相信嗎？幾乎是連鎖店的旗艦店才有的業績耶。」

一家私人經營的時裝店，根本不該有這麼誇張的進貨量。小谷喝著酒，臉上露出很沒人性的笑容。

「你做得太過火了吧？那家店的生意沒這麼好吧，又沒什麼客人。」

「這你就不懂了，那家店生意很好，只不過是做賒帳的生意。那一帶的豪宅貴婦和住公寓的酒店妹，一買就是買整批的。」

我也猜到立花靜是做這些人的生意。的確，用這種方法賣新商品沒有滯銷的問題，但賣得越多店主承擔的壓力也越大。我就看過一些外行人，因爲來不及收回賒帳的款項，最後資金周轉不靈而倒閉。

小谷滿嘴酒臭，臭氣還吹到我耳朵邊。

「欸，拜託你認眞點好嗎？不要都讓我來當壞人啊。你這樣搞得好像只有我們家在坑殺肥羊，這傳出去多難聽啊？大家會以爲我趁人之危，設計坑殺外行人耶。」

「事實就是這樣啊，你以爲多幾家店一起坑殺，人家就會說是店主本身的問題喔？你確實騙那家店拚命進貨，等到對方周轉出問題，就讓她開票子，再介紹高利貸不是嗎？最後店鋪撐不下去了，就抵押人家的貨做無本生意。」

小谷先是一臉驚訝，隨後哈哈大笑拍著我的肩膀：

「你是怎樣啦？這不是你的拿手絕活嗎，被我領先你很不甘心就對了？輸贏就是這麼一回事嘛。依我推測，這批冬裝她會賠不少，讓她賒帳再壓榨個一年半載，剩下的小數目收不回來，公司也不會追究。這很稀鬆平常啊。」

棕櫚樹的年輕業務員也來到吧檯邊。棕櫚樹的老闆去年離開布洛涅自立門戶，算是很晚入門的廠商。

「小谷大哥，你們在聊什麼輸贏啊？也讓我參一腳嘛。」

小谷不屑地笑道：

「你們想要做都心的生意喔？練個十年再來啦。」

「拜託替我牽一下線嘛，我絕不會跟你搶。不然我四處跑都簽不到客戶，他們都只進布洛涅和聖多明尼哥的貨。」

「那你不會去做鄉下的生意喔？去仙台或更北邊的鄉下賣你們的垃圾，人家也會心懷感激地收下來吧。東北高速公路也有通到那裡啊。」

「不要這樣嘛，小谷大哥。成衣的套裝沒那麼好賣啦。」

「怎麼不好賣？安安和儂儂的就賣得不錯啊。」

「他們那是休閒款的，我們賣的是比較正式的耶。」

小谷聽到這句話，嘴裡的酒都噴了出來。

「你聽聽看，他說棕櫚樹賣的是正式的套裝啦。根本是拿我們和多明尼哥的產品東拼西湊抄襲出來的，還好意思說自己是高級成衣廠喔——跟你講啦，與其來拜託我幫忙，不如叫你們老闆請個像樣一點的設計師。」

小谷一臉嚴肅地教訓對方。棕櫚樹的業務員低頭道歉，臨走前小聲唸了幾句：

「小谷大哥，你相信女人有怨靈嗎？」

「怨靈？你在說三小啦？」

「太常得罪女人吼，會發生不好的事情，真的很恐怖喔。」

林蔭道下停了五顏六色的廂型車。月底的工作量很大，一大群業務員累了一整天，三五成群進來店裡，棕櫚樹的業務員跟他們一起進包廂了。

小谷啐了一聲，舉杯痛飲。

「還怨靈咧，笑話。」

我突然有一種非常不好的預感。就算小谷坑殺的手法很巧妙，單月進一百八十萬的貨也太誇張了。

「我說啊，你該不會跟伽羅的店主亂來吧？」

小谷酒喝到一半，頓了一下：

「是又怎樣？這也是你的拿手絕活吧？之前我們在高円寺搶生意，搶到變成表兄弟，你要再來一次我是不介意啦。」

我一句話也不說，直接起身離開。

一上車我就高速狂飆。開回公司之前，先到神宮外苑的銀杏樹下醒酒。

我躺在長椅上，仰望著快要變色的銀杏葉片。我才二十六歲，卻覺得自己好蒼老。我就像個不良少年一樣，心裡想著要早點浪子回頭才行。

繪畫館的穹頂上，升起了一輪暗紅的月亮。

4

沒記錯的話，我每個禮拜只去「伽羅」一到兩次吧。

「伽羅」晚上八點關門，我都挑快要關門的時候去，因爲我不想碰到小谷。應該說，我不想看到小谷和立花靜在一起的場面。

當時我滿腦子都想著立花靜。開車的時候、工作的時候，睡其他女人的時候，一刻都沒有忘掉她。

然而，我完全不曉得她的私生活。也不知道她結婚了沒有，或是有沒有金主支持。我沒想過要打探她的隱私，正確來說我害怕知道她的隱私。

去「伽羅」拜訪我只談公事，昂貴的冬裝我也沒直接收錢，而是寄在她店裡賣。

店門前的彼岸花謝了，換鳳仙花開了。等鳳仙花也謝了，就改種仙客來。每一種都給人靜謐的感覺，開著如夢似幻的紅色花朵。

我每一次造訪，店內就有更多布洛涅的商品。秋季快要結束時，「伽羅」幾乎成了布洛涅的專賣店。架上也擺滿了布洛涅的銀色標牌。

情況眞的照小谷的計畫發展。「伽羅」進了太多貨物，被緊密的催收壓得喘不過氣。爲了盡快賣出庫存，又給客人更多賒帳的額度。空掉的貨架上，小谷又立刻塡滿新的貨品。

再這樣下去只有一個下場。立花靜將被迫開立支票存款帳戶，用票據做生意。跳票了小谷就會介紹高利貸給她。

明知如此，我也不能背叛同行。我自己就是用同樣的手段坑殺其他店家的，沒資格批評小谷的做法。不批評同行做生意的方式，是我們這一行的行規。

布洛涅的商品眞的沒話說。至少在那個年代，女性套裝和少婦的時裝品項，只有聖多明尼哥能和布洛涅分庭抗禮。因此，一家店裡只要布洛涅的商品數量夠多，其他廠商就只能摸著鼻子退出了。

我不知道小谷是如何勾搭上立花靜的，我也不想知道。

或許立花靜眞的很寂寞吧。

十一月中旬，冬裝的市占率大戰漸趨白熱化，社長說要跟我吃頓飯。

聖多明尼哥的營業額跟去年相比大幅衰退。原因也顯而易見：我身爲公司頭號業務員，成績卻大不如前。

酒過三巡，社長談起了自己以前跑業務的甘苦談。他振振有詞地告訴我，太有良心在這一行是混不下去的。這種事不用他講我也明白。過去前輩們也一再叮囑，時裝界做生意講究眼明手快、心狠手辣。社長表面上說得好聽，他說只是要告訴我業界現實，並不是要我眞的做到那種地步。但他講的那些骯髒手段，一直是我日常生活的一部分。換句話說，我就是不想做到那種地步，業績才會衰退的。

說不定社長早就看穿了一切，想暗示我要做到那種地步吧。

社長喝醉了以後，說教變成了單純的抱怨。

那天晚上社長喝得酩酊大醉，我開他的保時捷載他回世田谷的住處。半路上，社長說今天要去住女人家。

社長在副駕駛座上打盹，我費了好大工夫才問出女人的住址。車子開到了澀谷區初台的一棟公寓。

我拖著步履蹣跚的社長走上樓梯，心裡想的是，這酒鬼該不會跑來女設計師的家吧？公司內盛傳，那個冒牌設計師是社長的情人，萬一這裡眞是她家，待會碰面可就尷尬了。

走著走著，我們又聊了幾句：

「社長，你相信女人有怨靈嗎？」

「哼……怨靈？要眞有那種東西，我早就被咒死好幾次了……你是怎樣啊？無緣無故講這種莫名其妙的話，怪人一個。」

「沒有啦，只是聽您講起以前的故事，感覺您也吃過不少苦。」

「你要說那是女人的怨靈害的？那也無所謂啦。不敢得罪女人，怎麼有辦法做女人的生意？」

社長跌坐在房門前，沒辦法，我只好代爲按下門鈴。不按還好，這一按裡面的人很粗魯地打開房門。

來應門的是一個中年婦女，臉上帶著操勞的倦容，怎麼看都不應該跟社長有關係。散亂的走廊下，還傳來嬰兒的哭鬧聲。

女子發出惱人的叫罵聲，往社長的腦殼一掌巴下去。

「你這死鬼，難得來一趟每次都醉成這副德行——不好意思，你是公司的人喔？」

我結結巴巴地回答，連句完整的話都說不出來。社長揪住我的衣領，塞了一萬元給我。

「別告訴任何人知道嗎……唉，這大概也是報應吧。我的車借你開，別撞到啊。」

小孩子的哭鬧聲始終不絕於耳。

反正以後也沒機會開社長的保時捷了，我盡情在夜晚的路上奔馳。

一路上，我都在思考社長的私生活。他在公司裡養了一個沒戰力的設計師，還被八卦雜誌拍到跟藝人私下碰面。在世田谷有一棟房子，偶爾喝醉了才會到初台的公寓露臉。儘管在時裝界叱吒風雲，但自立門戶也才五年光景，這樣紙醉金迷似乎太過火了。

社長說，那種生活也是他的報應。他在說那句話時，好像隱隱透出恐懼的表情。如果女人不甘被騙，光靠詛咒就能毀掉男人的人生，那麼活人的怨氣可比死人的怨靈更可怕。

我想起了過去拋棄的女人，她們的臉孔一一浮現在擋風玻璃上。

等我回過神來，車子開到了石板地的坡道，上頭撲滿了銀杏的落葉。我完全不記得自己是怎麼開到這來的。

時間好像是大半夜吧，一整片落葉鋪成的枯黃地毯中，盛開的仙客來猶如一盞盞亮著紅光的小燈籠。

我把車子停在坡道上，店門前有一輛廂型車，藍色的車身上印有白色的圖樣，一看就是布洛涅的車子。店鋪的看板已經收起來了，但半掩的鐵捲門下還有燈光透出來。

我愣在車上一點辦法也沒有。只好放空腦袋，香菸一根接一根抽，抽了好長一段時間。

終於，小谷披上外套走出店門口，立花靜也從光源中追了出來。那是我第一次看到她放下頭髮。上半身穿著高領毛衣，下半身則是條絨褲。她的裝扮出人意料，我好生嫉妒。

小谷搖下車窗，二人隔著車門吻別。

立花靜一直站在店門口，直到看不見車燈爲止。那痴痴望著小谷離去的背影，遠比他們接吻的一幕更讓我痛心。

我發動車子慢慢前進，開到她身旁。

立花靜看著車子的反光玻璃，一時間臉色發青。不，應該是車身的寶藍色映照著她白皙的臉龐吧。

我打開窗戶，她看到是我才鬆了一口氣。

「眞漂亮的車呢，是你的嗎？」

「不，這是我們社長的車。」

立花靜不置可否，她靠在路旁的護欄上，端詳著保時捷。

「你看到了？」

她彎下腰靠近車窗，露出了有點諂媚的笑容。那判若兩人的打扮和言行，讓我有一種受到背叛的感覺。沒有盤起來的黑色秀髮，也有小谷的古龍水氣味。

「誠心建議妳不要太相信那個人，店主。再過不久，他會逼妳開票子，妳千萬不能聽他的。」

立花靜仰望天空，彷彿在細數有多少葉片飄落。

「小谷先生也告誡我，不能太相信你。他說你不是什麼好人，眞的嗎？」

立花靜直視著我，微微一笑，展現出年長女性的風範。

小谷也察覺到我不對勁，才會事先做出防備吧。不過，那是我唯一一次批評同行做生意的手法。而且，要不是看到了討厭的光景，我大概也不會那樣做。

坡道上吹起了凜冽的寒風。

「站外面會著涼的，要上車嗎？」

店內還有小谷的味道，我不想踏進去。立花靜繞過引擎蓋，坐進副駕駛座，腳下捲起了地上的枯葉。我正要打檔前進，她的左手溫柔地按住我打檔的手。

「就在這裡聊吧，我不太喜歡這輛車。」

我關掉咆嘯的引擎，一五一十地說出小谷坑殺她的手法。過程中，我們目不轉睛地看著黃色的坡道，那景象猶如電影的最後一幕，就只差沒跑出「劇終」兩個字。美不勝收，卻不帶任何意義。

立花靜聽了也不訝異，照理說她不可能不訝異，應該只是沒表現出來罷了。她望著擋風玻璃外那一片毫無意義的風景，翹起腳來，手指玩弄著毛衣的領口。

「妳今後打算怎麼辦呢？」

立花靜說，她沒任何打算。接下來，她說出了出人意表的事實：

「我呢，其實以前遇過一模一樣的事情，連前夫給我的房子也被騙走了。我很笨，永遠也學不乖，我只懂得這樣過日子。」

「妳不怕嗎？」

「反正我已經沒什麼好失去的了。」

「也許會發生更可怕的事情。」

「無所謂，想多了也沒用。」

她稍微放倒座椅，離開我一段距離。

「看樣子你不是壞人呢。」

「我在其他地方也做同樣的事，跟小谷一個樣。」

「爲什麼不對我做同樣的事？」

我自己也不明白。

「看我年紀大，可憐我？」

「不，因爲妳很美。」

立花靜一直握著我的手，她的手掌始終沒有溫度。

我心中浮現了一個很恐怖的念頭——這個人是不是早就死了？「伽羅」這家店也許根本就不存在。

那一陣子，我聽說有好幾家時裝店被大廠坑殺，最後店主上吊了結性命。

立花靜握著我的手，說出了更可怕的話：

「女人的恨意是很恐怖的，我那個前夫也是死於非命呢。」

我嚇得手掌都軟了，立花靜拍拍我的手背，像在安慰我一樣。

「你沒問題的，謝謝你關心我。」

她撐起身子開門下車，身輕如燕地越過護欄，接著又拍拍我的車窗，似乎想到還有事情沒交代完。

隨風飛散的秀髮，對我的視覺造成強烈的衝擊。

「記得趕快來收回你們的商品。還有——幫我跟你們的社長問好。」

她的笑容活像毫無生機的人偶。

我趕緊發動車子離開，從後照鏡望去，已經看不到她的身影了。落滿銀杏葉的坡道上，只剩下幾蕊赤紅的花朵，如同即將消逝的火光。

我並不相信怨靈這回事。

男人整天顧慮這種事，豈不都要成孬種了。唯獨有一次，我不得不信。

小谷在聖誕夜死了。

有客戶趕著要貨，他開車前往橫濱交貨途中，車子打滑撞上路肩。據說連車牌都燒到變形扭曲，整車的禮服都燒光了，三線道的第三京濱道路一整晚都沒法通行。

業界還有人謠傳，車禍現場只剩下布洛涅的鋁製標牌沒燒掉，警方就是用標牌來確認死者身分的。這件事沒人親眼看到，情節本身也太多巧合。

隔天晚上，西麻布的酒吧裡每個人都在討論小谷身亡的消息。還有人開低俗的玩笑，說要把自家的標牌也換成鋁製的，以防萬一。

可是，沒有人譴責死者生前幹的壞事。時值年底旺季，我們所有人都疲憊不堪。因此每個業務都很清楚，小谷的死絕非偶然。

當年的時裝浪潮真的很誇張，幾乎每天都有新的大廠和時裝店開張，同時也有大量的廠商和店鋪倒閉。

一個業務員去世，沒兩三天就被遺忘了。布洛涅的藍色廂型車隔天照樣跑遍大街小巷，就像什麼事都沒發生過一樣。

沒多久我也忘了小谷這個人。

那一年的新年是怎麼過的，我也忘記了，那都是很久以前的事。新年第一天上班我沒打領帶，被社長臭罵了一頓。那個冒牌設計師穿著很不搭調的華麗和服現身，成了全公司的笑柄。

地下檢貨中心堆滿了初春的第一批貨物，跟花海一樣繽紛絢麗。我們核對出貨單，把淡色系的套裝放進每一輛廂型車中。檢貨中心還放了一大堆紙箱，裡面裝著新年要送給客戶的毛巾。管理課課長站在紙箱堆前面大喊：

「給我聽好了，你們今天拜訪客戶不是送完毛巾就算了。給我多搶一點生意，千萬不要輸給其他廠商！」

無盡的旺季大戰又要開打了，擦得亮晶晶的淡藍色廂型車，全都裝滿沉重的貨物，逐一開出地下坡道。

那一天很冷，天上下起夾雜飛雪的細雨。我在青山大道的車陣中堵了半天，猶豫著該不該去「伽羅」露臉。該回收的商品和帳款都回收了，新年要不要去拜會店主全看我的意思。

最後我決定放下其他工作，先去「伽羅」一趟。我沒打算推銷商品，只是忍不住想見立花靜一面。

車子開到蒼涼的坡道下，我又猶豫了。我開始懷疑那家店根本就不存在，一切都只是一場惡夢。

我改打低檔開上坡道。

一輛銀灰色的廂型車停在店門口，敞開的後門裡全是捆包好的套裝。盛裝打扮的棕櫚樹年輕業務發現我來了，對我點頭致意。

立花靜撐著紅傘來到店外。我也沒打開車窗，慢慢駛過店門前。未來「伽羅」會變成怎樣呢？老實說，不管變得怎樣都與我無關。

立花靜的秀髮又梳成了秀氣的盤髮，身上的服飾也換回有垂綴的絲質洋裝。她很適合那樣的裝扮，不曉得是哪家的業務員推薦她穿的。沒戴項鍊和耳環，也確實比較好看。

她撐著紅傘，默默目送我離開。我也只是點頭打招呼，並沒有停下來。反正還有很多店鋪，可以讓我賣出新年的第一批貨。

車子開到坡道盡頭，我停下來看著後照鏡，但這次只看到後方堆滿淺色套裝。門側鏡上也全是雨水的濕氣，只能隱約看到一點點紅色。不知道那是仙客來的花朵，還是她依舊撐著紅傘目送我離開。

後來，我再也沒聽說過「伽羅」的傳聞了。

乘車券
1995-11-30
18:35 發車
前往 ▶ 盂蘭盆會
3號車5排A座
JR-KIHA12

千惠子是個無家可歸的女人。

這要發生在悲劇滿大街的時代也就罷了，現代人很少碰上這種遭遇，因此千惠子從來沒有主動提過。她也很清楚，這間接造就了她寡言低調的形象。

其實仔細回想一下，就會發現這一切其來有自。

千惠子還沒懂事父母就離婚了，父親把她交給祖父母照顧。不料親權還沒談攏，父親和母親都再婚了。可能兩對都是天作之合吧，雙方毫不猶豫地放棄了親權。於是，祖父母成了她戶籍上的監護人。

由於生活還過得去，千惠子也不認爲自己有多悲慘。祖父母歲數不大，身上還有一種舊時代的灑脫氣息，所以外表看起來很年輕，說是親生父母也沒人會懷疑。

千惠子不曉得母親的去向，照理說祖父母一定知道，他們大概覺得雙方情分已盡，才沒有告訴小孫女吧。

至於父親，千惠子只有在祖母的葬禮會場上碰過一面。父親帶著端莊賢淑的妻子和兩個小孩現身，卻在守靈夜和祖父大吵一架，隔天出殯就沒見到人了。

當時，父親用很客套的口吻，稱讚她長得亭亭玉立。千惠子也只報以客套的笑容，畢竟雙方有十多年的代溝，也難怪父親的問候如此笨拙。他的妻子和兒女一臉不情願，祖父同樣臭著一張臉，這些似乎也是無可奈何的事。

高中時她失去了祖母，大三那一年又失去了祖父。祖父的葬禮是房東和其他房客幫忙辦的。千惠子一個人坐在棺木旁邊，除了她以外沒有其他親屬出席。

千惠子覺得處理喪事好像沒想像中困難。但她很快就發現，房東他們的好意和積極的作爲都是有原因的。

千惠子住的集合式住宅位於東神田地區，四周圍都是高樓大廈，老舊的集合式住宅到現在還沒拆簡直是奇蹟。房東心心念念就是要改建成新大樓，那個年代地價飛漲，房東也提出了優渥的條件請房客搬家，但久居此地的祖父死也不肯答應。都心地帶的房子改建後，每坪可以喊到幾千萬日元，怪不得年輕的房東夫妻會積極找人來辦葬禮。

葬禮全部處理完以後，其他的房客都離開了，彷彿所有人事先講好了一樣，只剩下千惠子和房東夫妻。房東夫妻還請她吃法國料理，那是她有生以來第一次嚐到法國料理。

服務生送上甜點時，房東在餐桌上攤開新公寓的設計圖。房東的口氣依舊不改老鄰居和顏悅色的態度，但談論的主題很現實。房東提供兩個選項，一是給她預租改建後的套房，二是請她拿一百萬的補償金搬出去。

新公寓的租金自然是比集合式住宅貴上許多，房東表面上不收她保證金，但她根本付不起高昂的房租。所以房東的言外之意，就是要她拿著一百萬滾蛋。

千惠子猜想，自己拿到的條件一定沒有其他房客好。對方吃定她無能爲力，她也沒有多做爭辯。

就這樣，千惠子成了無家可歸的人。

新幹線的冷氣實在太強，丈夫還剛好對著她的臉吐出煙圈。最近丈夫抽的菸越來越多了，千惠子也沒勇氣勸戒他。應該說，丈夫壓力大也沒啥好奇怪的。

列車開過富士山一帶，千惠子才對丈夫開口：

「你到了那邊，要跟你爸或你哥商量嗎？」

丈夫給了否定的答案，眼睛還盯著八卦雜誌。

「拜託你認眞聽好嗎？不然到時候法會結束，親戚之間要討論事情才提出來，不是很尷尬嗎？」

「不會啦。」

丈夫捻熄香菸，又拿了另一根菸出來。這種膽小如鼠的人，竟然有辦法當上外科醫生？也不過是手指靈巧了一點。

「你爸和你媽都知道了吧？」

「我哥還不知道。」

「哪有這種道理，他們不是住在一起嗎？」

千惠子明白責備丈夫也無濟於事。反正走到這個地步，往日的平靜生活也回不來了，疾言厲色責備丈夫讓他逃避現實，更非明智之舉。

不過，丈夫總在緊要關頭退縮，這就是他完全沒交代的後果。

「你爸一定會對我有意見。」

「不一定吧。是說，他應該不會講什麼莫名其妙的話。」

「這不是廢話嗎？我又沒做錯事。」

丈夫看著八卦雜誌的眼神有些失焦，他摘下眼鏡，抬頭看著頭等車廂內柔和的照明，長嘆一口氣，吁出口中的煙。

「你帶我來幹麼？帶小野來不就得了，這樣不就皆大歡喜？」

「預產期快要到了，不能動了胎氣啊。」

千惠子咬牙切齒，怒火和難堪的情緒湧上心頭。

「看吧，你果然打算帶她來嘛。」

「呃——沒有，我不是那個意思，是妳亂講話我才……」

「我哪裡說錯了？搞不好明年的盂蘭盆節，小野就抱著孩子回你老家了。」

丈夫偷偷觀察千惠子的表情。外遇被抓包的這一年多來，丈夫學會了這種齷齪的舉止，簡直到了熟能生巧的地步。就好像小孩子試圖去圓一個破綻百出的謊言。

「你打算怎麼辦？」

「是啊，該怎麼辦呢。」

丈夫的外遇對象叫小野香織——光想起這個名字就令人火大。丈夫在大學醫院任職，對方是同一個職場的護理師，現在應該已經辭職了。

千惠子只看過對方的照片，年紀雖輕，長得卻一點也不漂亮。就算自己三十歲了，外貌也絕不會輸給對方。

千惠子一直以爲，生性軟弱的丈夫純粹是被一個婊子給騙了。然而，丈夫保證再也不會跟對方來往，結果還把對方的肚子搞大，責任在誰身上也就不言可喻了。

（啊，夫人妳好，我叫小野香織。妳應該聽過我這號人物吧，我懷了醫師的孩子，會生下來的。）

千惠子想起那一通電話，閉起眼睛強忍內心的痛楚。那段對話她沒有一刻或忘，如同詛咒盤踞在心頭。她跟小野香織的接觸只有那通電話，所以完全不了解對方的爲人。因爲不了解，也就更容易刺激想像。

「新喪過後的第一個盂蘭盆節，妳沒參加過對吧？」

丈夫顧左右而言他，接著又說道：

「先跟妳說，我們家新喪過後的第一個盂蘭盆節，場面可是很浩大的，幾乎跟辦喪事同一個級別，妳要先有心理準備啊。」（編按：盂蘭盆節與清明節類似，此處指親人去世後的第一次掃墓。）

「你的意思是，你們一家子都沒閒工夫討論家務事就對了？」

「那是當然啊。我們會請和尚來，大家聚在一起唸經，村民都會來聊表心意。那場面妳一定會嚇到的。」

「已經沒有什麼事能嚇到我了。」

丈夫拚命轉移話題：

「老爺子他很喜歡妳，妳還記得嗎？婚禮那天他還來到更衣室，說大學畢業的媳婦果然氣質出眾。這件事他一直掛在嘴邊，幾個大嫂可嘔了呢。」

假如丈夫的祖父還在世，會怎麼看待現在的慘況呢？這幾年老爺子臥病在床，對家裡的事也都不知情。

千惠子不知道老爺子是不是眞的喜歡她，但老爺子確實很關照她這個孤苦無依的媳婦。這樁門不當戶不對的婚事談得成，也是偉大的老爺子居中協調吧。老爺子是在地豪農，而且熱心公益，還當了六屆的市議員。

婚宴上，千惠子只找得到年輕友人來坐新娘家屬的席位。老爺子一個人坐在這群年輕人中間。

老爺子笑著說，他德高年劭，一個人抵得上十個人。來賓送給新娘家屬的花束，老爺子也代爲收下。國立大學藥學系的學歷是千惠子唯一的長處，所以老爺子才一直掛在嘴上幫媳婦說好話吧。

「對了，我記得妳也是爺爺帶大的對吧？」

丈夫重掌對話主導權，笑笑地吐出煙圈。車窗外景色飛逝，千惠子寧可看著窗外的盛夏光景，也不願正視丈夫齷齪的眼神。

少講得一副好像你很了解我爺爺一樣。

夫家的盂蘭盆節風俗，確實超出了東京人的理解範疇。因此丈夫才會提醒千惠子，別被盛大的場面嚇到。

夫家位於一片廣大的茶園內，周圍幾乎沒有林木。放眼望去盡是綠意盎然的台地，地形起伏不大。

宅院外牆擺滿了葬禮用的花圈，千惠子看得目瞪口呆。原來這個鄉下地方的盂蘭盆節是這樣辦的。

路上停了一整排車輛，門口和庭院也擠滿了人，跟半年前舉辦葬禮時別無二致。

夫妻倆一下計程車，停在門口的廂型車也走出一群穿喪服的人。

「那是大姊他們名古屋老家的人，記得打聲招呼啊。」

丈夫擦著汗水，靠過來講悄悄話。

「你在名古屋有大姊？」

「對啊，就我上面那個哥哥的老婆。」

「不會吧？媳婦的家人也全都來啊？」

千惠子也同樣是媳婦，看到人家大陣仗有些錯愕，丈夫還故意損她。

「妳沒人可帶，也沒辦法啦。」

「東京誰會搞成這樣啊？縱使是新喪過後的第一個盂蘭盆節，也不會把媳婦的家人都叫來好嗎？」

丈夫聽著訝異，還瞪了千惠子一眼。

「妳可別在其他人面前講這種話喔。妳是青木家的人，東京怎樣妳別管。人家萬一問妳家人怎麼沒來，妳要先想好理由。」

宅院裡人聲鼎沸，千惠子是真的被嚇到了。丈夫要她先想好理由，是要想什麼理由？不好意思，我沒有其他家人了……難不成要對丈夫的親戚和眷屬逐一解釋才行嗎？

「在東京，頭七法會都是跟葬禮一起辦的，尾七也是自家人而已。新喪後的第一個盂蘭盆節也是這樣辦啊。」

千惠子在門口停下腳步不願進去，丈夫粗魯地拉住她的手。

「妳別鬧了，就跟妳說別管東京的做法了，妳是我們這個家的媳婦。反正妳的家庭狀況大家在婚宴上都知道了。」

大量的花圈圍住庭院，甚至還放到敞開的簷廊下。簷廊內的和室拉門全都拆掉，夕陽照不到的內堂設有祭壇，就跟之前辦葬禮一樣。裡面只差沒放棺木，取而代之的是各種華麗的貴金屬裝飾和花籃。氣派的祭壇上有老爺子的照片，外加大量感謝狀和獎章，這點也跟之前辦葬禮一樣。

和室裡的人也都穿著喪服，互相打招呼問候。

「哥，我到了。不好意思啊，來晚了。」

丈夫用溫吞的方言打招呼，大伯在內堂忙著招呼來客，大嫂來到簷廊應對。

「阿邦，你來啦。千惠子小姐，妳也辛苦啦。大家都在問你們怎麼還沒到呢。和尚就快要到了——老公啊，阿邦來囉。」

大伯舉手打了個招呼：

「邦男，你可終於到了。你遲遲不來，我還以爲你趕不上了呢。四點就要開始了，快去換衣服吧。」

千惠子向丈夫的大哥打了聲招呼，也不知道對方有沒有聽到，便逕自坐回人群中。千惠子感覺所有人都在斜眼瞪她。

尤其大嫂似乎不願意正視千惠子。

「倉庫二樓給你們用，今天不妨住下來吧？」

「我也有這打算，可是眞的方便嗎？不方便的話，我去住濱松的旅館沒關係。」

「怎麼會不方便呢，阿邦你住得最遠，人家其他親戚和賓客都是當天來回，等送神火祭儀式再過來。」

「送神火祭我沒辦法過來耶，醫院那邊人手不夠。」

「啊，對吼，那不然千惠子小姐來就好。」

大嫂講得理所當然，好像本來就該這樣做。

盂蘭盆節會舉辦兩次火祭，一次迎接祖先魂魄歸來，另一次恭送祖先魂魄回歸淨土。千惠子知道有這種習俗，但東京已經沒人這樣做了。

「這什麼意思？」

千惠子仰望丈夫，恐怕這種熱鬧的景象會持續到盂蘭盆節結束吧。依照剛才的對話，全體族人都要參加兩次火祭。

丈夫偷瞄千惠子一眼，看出她不太高興，趕緊打圓場：

「啊，糟糕。瞧我都忘了，妳工作也沒法請假嘛。」

丈夫對千惠子偷偷使了一個眼色，沒讓大嫂看出來。

「也不是沒法請假，大不了我搭新幹線當天來回就好。」

千惠子看不慣丈夫故作卑微，刻意唱反調。

「那不然，就麻煩千惠子小姐來參加火祭吧，我知道妳也忙，但老爺子在世的時候很疼妳嘛。」

「我盡量抽時間過來。」

「別說盡量，方便的話請妳務必過來。其他親戚都是全家大小一起參加呢。」

大嫂也是話中帶刺。

倉庫二樓改建成客房，專門給歸鄉的親戚使用。冷氣很涼，只是房內霉味很重，逼得千惠子摀住口鼻。丈夫換上喪服，火大地說道：

「妳不會說自己要上班沒空喔？不是沒有其他藥劑師跟妳輪班？是誰說自己辛苦橋假才有辦法過來的，妳到底行不行啊？」

「我會想辦法，誰叫我沒小孩，老爺子以前又很照顧我。」

丈夫對著鏡子打領帶，打到一半停了下來。其實他們的對話並沒有惡意，但最近雙方一開口就是唇槍舌劍。

「我先過去了，妳一個人換裝沒問題吧？」

「沒問題。」千惠子咬著繩子，冷淡地應了一句。丈夫踩著樓梯下去了。

倉庫沒有玻璃窗，電燈設置的地方也不好，千惠子沒法畫眉毛。牆上是有一個通風用的小窗口，但一看就是老舊的泥作砌成的，而且很久沒開過了。

千惠子最後還是踩上踏台，打開小窗上的鎖頭。沒想到輕輕一推就開了，慢慢沉入地平線的夕陽餘暉，從窗口照了進來。

千惠子用手遮陽，環顧那一大片美麗的茶園。肥沃的大地令她心生讚嘆。

六年前，她第一次造訪戀人的故鄉，對丈夫的出身頗感意外。現在回想起來，這種地方確實會養出不諳世事的男人。這片寬廣無垠的大地，沒有一點的瑕疵和不協調。豐饒歸豐饒，卻感覺不出有什麼意義，如同畫中的世界。

窗外有一棵柿子樹，樹下有人在講悄悄話，千惠子從樹叢間看出是丈夫和公公。

「你打算怎麼辦啊？你都這麼大了，這事也輪不到我們父母來說嘴。人家小孩都要生下來了，也沒其他方法了吧。當然啦，這麼做對千惠子過意不去，但她一個媳婦生不出小孩，你那一脈的香火不就斷了？反正也不複雜啦，該出的爽快一點，千惠子不會堅持吧。」

「爸，你講的是我們這邊的觀念。在東京，夫妻結婚沒生小孩也很正常。」

「最好這叫正常啦。你仔細想想，未來你會自己開診所，誰來接你的衣缽？」

「總之這種話我說出不口。沒生小孩就要跟人家離婚，這在東京說不過去。」

「我不是早就跟你說了，別娶東京的女人。再說，你們既是眞心相愛才結婚，爲什麼六年都生不出小孩？」

「不是啦，我們不是生不出來，而是不想生。她還要工作償還就學貸款，所以才沒生小孩。」

「哼，那是你在講的。念東京的女子大學也沒比較好啦，搞不好以前玩過頭，身體都弄壞了生不出來。」

「爸，你別亂講啦。她沒有其他男性經驗，這一點千眞萬確。」

「反正你不要搞到打官司，那樣太丟臉了。你自己跟她講好，錢的事情我會幫你想辦法。」

「我就說不出口啊。拜託啦，爸，只有我跟千惠子談不出結果。」

丈夫和公公話還沒說完，就往本館走去。

千惠子關上窗戶，走下踏台。丈夫什麼時候會主動提離婚呢？除非千惠子主動提起，否則那個人根本沒勇氣提吧。

千惠子移動梳妝台的位置，小心翼翼地畫眉毛。她本來還考慮要不要塗口紅，但不塗口紅看起來實在太素了。

「我得振作一點。」

千惠子對著鏡子，說出自己從小到大的口頭禪。

過去也是這樣撐過來的，這一次也不會糟到哪裡去。一個連求婚都支支吾吾的男人，是不可能主動提離婚的。

前來誦經的和尚，打扮得也非常誇張。

和尚穿著茶色的僧袍，外頭再套一件黃色袈裟，頭戴一頂金色的誌公帽，旁邊還有五、六名年輕弟子手持法器和各式祭具。

四間和室的拉門拆掉後併成一間，裡面擠滿了來致意的人。白天的時候很悶熱，太陽下山後吹起了涼風，待起來還算舒適。

漫長的誦經和法器奏鳴都結束後，每個人拿到一本印有經文的小冊子，這種齊聲誦經的習慣在東京也看不到了。

和尚暫退別室，公公站在祭壇前面說道：

「各位辛苦啦，時間也差不多了，接下來要舉行迎神火祭儀式。儀式過程中我們這邊會先備好飯菜，請各位吃飽喝足了再走。」

大夥笑著關心彼此有沒有腿麻，一同前往夜下的庭院。也沒人下指示，所有人自動到玄關排成一列，一路排到外頭大門，開始準備火祭。

正對馬路的大門口先設置一座篝火，之後每隔兩、三步的距離，就布置一盆松木堆。松木堆在庭院裡排成一個弧形，恭請先人的步道就這樣完成了。

千惠子也依樣畫葫蘆，在地面堆起木頭，就跟玩積木一樣。

「要點火囉，準備好了嗎？」

公公在門口大喊，前面的木堆逐一被點燃了。帶有樹脂的木頭燒得很旺，黑夜中亮起了一盞又一盞的火光。

「老爺子就是順著火光，從某個地方回來的吧。」

丈夫蹲下來，朝手上的燃木吹氣。

「那你說，老爺子是從哪回來的？」

「誰知道呢。」

千惠子收下丈夫手上的燃木，放到腳邊的木堆中，才吹一口氣就燒起來了。

穿著喪服的女賓客都在廚房裡幫忙。

「我也得去幫忙才行。」

「不用了。」丈夫拉住千惠子的袖子，不讓她起身。

「今天只是看起來人很多，其實沒有葬禮那麼忙。村裡還有其他戶也要辦這種儀式，大家還得去捧個場，了不起喝點酒去一下晦氣，不會待太久的。」

果不其然，參加火祭的賓客到和室喝完一杯酒就走了。那些人前腳剛走，又有一批新的賓客順著一盞又一盞的火盆走來。

那些幫著家屬唸經和火祭的賓客，看樣子都是比較親密的左鄰右舍。至於單純來參加盂蘭盆會的賓客，現在才循著火光一路進場。

新來的賓客從簷廊進入和室，也是上完香喝杯酒就走了。

「今年這一帶啊，就有五戶人家要辦隆重的法會，全部拜訪完怕是要忙到半夜了。」

大嫂拿來新的木塊放進火盆裡，這麼說著。

「我不去幫忙沒關係嗎？」

「妳就免了，去廚房聽那些三姑六婆碎嘴抱怨，也只是自討沒趣。誰叫阿邦闖禍呢，眞拿他沒辦法。」

丈夫像個小孩子似的，抱住膝頭盯著地上的火光。大嫂撂下一句難聽話，轉身就進入廚房了。

「大嫂在挖苦我呢。」

「看來大家都知道我們的事了。」

丈夫沒有答話。

來訪的賓客絡繹不絕，千惠子眞的很好奇，這座村子明明就沒幾戶人家，到底哪來這麼多的村民？

外頭的路上也持續有車輛停駐。茶園的田埂一直通到宅院後方，手電筒的燈光活像四處飛舞的螢火蟲。

丈夫前往和室，千惠子無處可去，只好一個人默默地添薪火。

她看著微弱的火光，思考自己爲何要做這種事情。過去她孤苦無依，但至少活得自在，沒有大家想像得那麼不幸。結果現在，她卻陷入無路可逃的困境中，活像一隻被蜘蛛網纏住的小蟲子，每天都在苦苦掙扎。爲什麼自己非得在意周遭的目光和耳語，從事這種陌生的民俗活動？

千惠子眼前的火光，被幾道人影遮住。抬頭一看，是公公和丈夫的哥哥，父子倆都是五短身材。他們俯視著千惠子，似乎也在等她主動開口。

千惠子心想，丈夫的身材是比他們高䠷一些，但一家子同樣優柔寡斷。

公公猶豫了老半天，一開口就非常不客氣：

「千惠子，妳家人都沒來啊。」

那齷齪的笑容也跟丈夫很像。公公並不是刻意損人，他只是用非常拐彎抹角的方式，暗示千惠子不適合當他們家的媳婦。公公的意思是，千惠子本來就沒那個資格。

大伯也露出同樣的笑容說道：

「千惠子啊，我們知道妳學歷高，不想當家庭主婦啦。可是，一般人面對家庭和工作，也都是選一邊顧啊。尤其你們又是雙薪，妳不生小孩也說不過去，不能都怪邦男吧。」

公公還只是齷齪，這個大伯可就卑鄙無恥了。當初就是他率先贊成這樁婚事的，他說未來弟弟開診所，有個藥劑師媳婦正好派得上用場。

「所以啦，我們是想跟妳商量——」

這兩個人也不看看場合，講話又如此無禮，千惠子氣得站起來破口大罵：

「是怎樣，改娶護理師會比藥劑師好用就對了？」

公公和大伯大吃一驚，互相對看一眼。這些人跟丈夫一樣，根本不擅長吵架。光看這對父子的反應，想必他們也知道整件事的始末了。

「我本來是打算還完就學貸款，就要當家庭主婦，我不想增加邦男的經濟壓力。」

「說到底，妳還是讓邦男不順心啊。」

大伯又是一陣訕笑。

「我從來沒有讓他不順心，不信你去問他，我是怎樣讓他不順心了？」

「就是他本人說不出口，我們才替他操煩。妳一個高知識分子，怎麼連這一點道理都想不通啊。」

「這是夫妻之間的事，我們自己會談妥。」

公公也被千惠子的說法激到，整張笑臉垮下來，神色不善地威脅她：

「邦男他說了，每天跟妳在一起如坐針氈。我們是他的家人，不可能袖手旁觀。如果夫家介入讓妳很困擾，那有本事妳也把家人帶來。就你們兩個是能談出什麼結果？」

公公說到最後也動怒了。

「老爸，沒人這樣講話的啦。人家千惠子就沒親人了啊，是要怎麼帶來。」

大伯在一旁緩頰，千惠子懷疑這些人是不是早就套好招了。大伯拉住公公的袖子，裝出一副溫和的模樣說道：

「我爸也是擔心自己的兒子啦，妳別放在心上。是說這種為人父母的心情，妳應該也不懂吧。我爸的意思是，既然兩家無法對等協商，那只好請妳委屈一下，由我們來做安排，看要怎麼做妳才願意善了。千惠子啊，我們不會虧待妳的，幹麼不放聰明一點呢？」

說穿了，這才是他們眞正的用意。

千惠子滿肚子委屈無處訴說，氣到渾身發抖：

「好啊。」

千惠子這句話的意思是，她願意坐下來好好談。但公公和大伯以為她答應離婚，兩人都鬆了一口氣。

到時候協商，自己肯定是一個人被夫家圍攻。身邊沒有任何助力，連要主張自己的正當性都做不到。千惠子沒做錯任何事，卻落得冤屈難平的下場。她好希望有親戚到場，哪怕是遠房親戚都沒關係，只要有個人願意幫她說話，就算改變不了這齣鬧劇的結局，至少她的心裡也踏實一點。

正好風停了，火祭燒出來的煙霧聚在庭院散不出去。千惠子拿出手帕拭淚，假裝自己是被煙燻到的。她不願被別人看到落淚的表情，這是她最後的尊嚴。千惠子咬緊牙關強忍大哭的衝動，雙腿卻再也站不住，就這麼蹲在火盆旁邊。

「小千。」

突然有人叫了千惠子的小名。大門外的篝火中，出現一道矮小的人影。

「小千。」

「我在這裡。」千惠子反射性答話，那是她年幼時的小名。人影走進大門，彷彿從黑色的畫框中走出來一樣，一步步走過火光繚繞的煙幕。

「小千。」

這一次千惠子抬頭張望四周，因爲這裡不可能有人呼喚她的小名。

「怪了，是千惠子的親戚嗎？」

公公滿臉疑惑，大伯伸手揮掉煙霧，試圖看清來者是誰。

「不是——」千惠子正要否認，嘴巴卻僵住了。

竟然是祖父來了。祖父跟其他賓客一樣，穿著黑色西裝來了。

「爺爺？是千惠子妳的爺爺？」

歡喜的情緒遠大於錯愕，千惠子一時說不出話來，頻頻點頭拭淚：

「是的，他是我祖父，我爺爺來了。」

「喔喔，歡迎歡迎……」

公公和大伯後退一步，讓出一條路來。

祖父的身材還是跟以前一樣矮小，但他昂首闊步，走過這一條長長的火盆道。

那大剌剌的外八步法，也同樣沒變。

祖父來到公公和大伯面前，低下那顆白髮蒼蒼的腦袋，動作很像黑道分子張開腿鞠躬致意的模樣。以前祖父參加小學的家長會，也用同樣的方式對老師致意，害千惠子很難為情。

「哎呀，我來遲了，真不好意思。初次見面請多指教，我是千惠子的祖父。」

公公和大伯怯生生地打了招呼。

「礙於個人因素，我們爺孫倆各在一方，所以久疏問候，還請別見怪啊。」

公公總算開了口：

「勞您駕。呃，不好意思，我們沒聽千惠子提過您。原來千惠子還有爺爺啊，您要是在車站打通電話，我們就派人去接您了。」

「好說好說。」祖父挺起嬌小的身軀，揮了一下長年做工的粗糙手掌。

「我也沒盡到一個祖父該盡的責任，怎麼好意思拜託人家來接呢。」

「話說回來，您怎麼知道寒舍的所在？」

「貴府的火祭儀式這麼盛大，任誰都看得出來啦。不是我要說——這座宅院還眞是氣派啊，跟我聽到的傳聞一模一樣。小千嫁來這裡眞好命。」

祖父講話依舊保有老東京人的草根性，他惡狠狠地瞪了公公和大伯一眼，擺明了就是聽到孫女被欺負才特地趕來的。

千惠子出神地望著被火光照亮的祖父。

就算是做夢也沒關係。不，這肯定只是一場夢。

「爺爺。」

祖父笑咪咪地回過頭來。儘管祖父嗜酒如命又沒什麼積蓄，大字也不識幾個，但是爲人嫉惡如仇，千惠子好喜歡祖父正氣凜然的笑容。

「小丫頭哭什麼啊。爺爺我來了，沒什麼事解決不了的，別哭了。」

祖父是故意講給那兩個人聽的。

公公和大伯嚇到了，他們本想在今晚強迫千惠子就範，怎料現在殺出了一個程咬金。祖父收斂笑容，又瞪了他們一眼。

「你們似乎很照顧我孫女嘛。」

「呃……千惠子的爺爺，既然來了，何不上柱香呢？」

「好啊，我都大老遠跑來參加你們的盂蘭盆會了，先上香吧，之後再慢慢談。」

祖父跨過火盆，走向簷廊。

公公擦拭著汗水說道：

「千惠子，妳爺爺要來，妳好歹也先說一聲嘛。」

「怪了，我爺爺要來不方便嗎？你們剛才不是叫我帶家人過來？」

「不是——我們沒聽說妳有爺爺嘛。」

「我祖父來了，該談的難道你們就不談了嗎？」

「也不是這個意思啦。」

吵鬧的和室頓時安靜下來。大伯告知千惠子的祖父來了，本來吃吃喝喝的丈夫當場嚇得站了起來。丈夫擠過人群來到簷廊，千惠子遠遠就看出他臉色發青。

「喲，孫女婿。」

祖父用中氣十足的宏亮嗓音，呼喚呆若木雞的丈夫。

「……你、你是……喂，千惠子！千惠子！」

糟糕，丈夫知道祖父的長相。千惠子在公寓的桌上，擺有祖父身穿工匠服的照片。

千惠子趕到祖父身後，丈夫抱著柱子，一雙小眼睛睜得老大。仔細一瞧，丈夫的雙腿在發抖。

「老公，我爺爺來了，你怎麼不打個招呼呢？」

「您、您好……不對，妳爺爺怎麼會來？這到底是怎麼一回事？」

「盂蘭盆節嘛，有什麼好奇怪的。」

丈夫一聽當場跌坐在地板上，和室裡瀰漫著尷尬的沉默。大家肯定在想，這個孫女婿道德有虧，千惠子的爺爺在東京罵不夠，還追來孫女婿的老家討說法了。是非對錯其實每個人都了然於心，那些親戚也不敢吭聲。

祖父像在唱小調一樣，扯開嗓子朗聲說道：

「打擾各位了，繼續忙你們的，別介意。」

其他人又開始喝酒，裝出事不關己的態度。

祖父擺好鞋子站上簷廊，丈夫死抱著柱子發抖，祖父蹲下來在他耳邊說：

「喲，邦男。」

「在、在。」

「你這小子，完全不把我孫女放眼裡是吧？」

「誤會了……我、我沒有啊。」

「你們不是一群人圍攻我孫女，顚倒是非黑白嗎？喂，我都大老遠特地趕來了，你有話就說來聽聽啊。」

「……我、我不知道該……」

「等一下我再來好好處理你。你別太超過，不然我到時候帶你一起走。對了，還是我連你家兩個老的也一起帶走，好好關照一下？」

「別、別啊，您說笑的吧……」

「哼，你以爲我做不到？信不信我讓你們出車禍？還是直接讓這棟房子燒起來？你選一種啊？」

丈夫連滾帶爬，跪到庭院地上磕頭認錯。

「對不起！眞的非常對不起，求您大人有大量，饒了我們吧！」

所有人連大氣都不敢喘一下。祖父環視目瞪口呆的眾人，有些害臊地笑了：

「好了啦，阿邦。雖說你有錯在先，但一個大男人別做這麼丟臉的事情，你家老爺子在看呢。」

千惠子心想，爺爺果然最棒了。

當晚，祖父和夫家一直談到天光破曉。至於他們談了什麼，千惠子並不知情。祖父沒有讓千惠子參加對談，他怕孫女一哭，事情就沒法談下去了。千惠子一整晚都坐在庭院的矮凳上玩小狗。和室外圍的擋雨板都拉上了，千惠子只聽到一群男人嚴肅議論的聲音。

等到茶園彌漫一層白濛濛的朝霧，談話終於結束了，祖父這才滿臉疲態地步出玄關。

「小千，爺爺都處理好了，妳就別再多生事端了，知道嗎？」

夫家沒有一個人出來送爺爺，想必雙方經歷了一番爭執吧。

祖父鬆開領帶，將西裝外套的釦子打開，走在火焰早已熄滅的火盆道上。

「妳那個丈夫，倒也不是眞的壞人。唉，大概是他優柔寡斷、隨波逐流，或者一時鬼迷心竅吧——我問妳，妳還愛他嗎？」

千惠子停下腳步思考了一會。她知道瞞不了爺爺，但她還沒坦承對丈夫的留戀，祖父就低下頭嘆了一口氣：

「我懂了，委屈妳啦。可是妳聽我說，小千。邦男那傢伙對妳已經沒感情了，那個女人叫啥來著——」

「小野香織……」

「對，他愛上了那個年輕的護士。鄉下大地主嘛，都這副德行啦。剩下的事情妳說再多也沒意義，早點分了乾脆。」

千惠子訝異地抬起頭來，看到祖父哀傷的眼神，這個結論讓她很意外。

「這樣太過分了啦，爺爺，那你又何必走這一遭呢？我又沒有做錯事情，爲什麼是我要退讓？我不能接受。」

「不是退讓，而是我們不收那種窩囊廢。我也跟他們說了，他們的臭錢妳一毛也不要。啊——痛快啊。」

「我不痛快啊，這樣太過分了。」

千惠子正想衝進房內，祖父一把抓住她的手臂。很難想像一個已經不在世的人，手掌竟會如此溫暖。

祖父凝視著千惠子，剛毅的厚唇也在顫抖。原來，爺爺哭了。

「爲什麼，爺爺？爲什麼是你在哭？」

「這種話妳要我說出來嗎？我都在盂蘭盆會現身了，妳還要我說出來嗎？」

「因爲我真的不懂啊。爺爺你的意見總是對的，而且從來不曾輸給任何人，所以我才有辦法一路撐過來。」

「是啊，妳很努力了。」

失去祖父陪伴的這些歲月，突然壓得她喘不過氣。這是她第一次體認到，自己過去吃了好多的苦。

「我本來是想當醫生的……所以我……」

千惠子撲到祖父懷裡，現在她覺得自己會愛上丈夫，根本是出於天大的誤會。

「抱歉啊，都怪爺爺沒用，整天只會喝酒。」

「爺爺，你告訴我，爲什麼我非得退讓不可？」

祖父猶豫了。他靠到千惠子耳邊，一口氣自乾癟的喉頭呼出，聲音猶如蕭索的寒風。

「我們不能造孽，讓這世上多一個沒爹娘疼的孩子。這一點爺爺比誰都清楚。」

千惠子無話可說，依偎在祖父懷裡痛哭。

「小千，請妳諒解。爺爺我臨死之前，掛心的就是這件事。是爺爺死心眼，害妳一個人受苦了。」

「沒有，爺爺你沒有錯，錯的是爸媽他們。」

祖父扶起千惠子，伸出大大的手掌摸摸她的腦袋，以前祖父下班回家都會這樣做。接著祖父回過頭，望著霧氣凝重的茶園。

「糟糕，我拖得太晚，人家來找我了。」

霧氣之中，隱約可見一道人影。

「那是誰啊？」

「這裡的老爺子為人厚道，我說事情會搞成這樣，他也要負一部分責任。然後他就把回來的機會讓給我了。現在靜下來想一想，我搞砸了人家的法會，實在過意不去啊。」

「幫我問候一下他老人家，人家對我不錯。」

祖父笑了，轉身走出大門的時候，還對大門的結構頗有微詞。

「做工真差勁，一看就是鄉下匠人做出來的。」

最後，祖父走入朝霧之中。兩道光華冉冉升上茶園的上空，千惠子對他們揮手道別。

那一天，丈夫一句話也沒說，獨自回到東京了。

公寓裡有祖父的照片和牌位，他大概也不敢回公寓了吧。不過，這些事也無關緊要，千惠子的內心再也沒有妒意了。

千惠子一整天都在倉庫的二樓發呆。有很多事情必須想清楚才行。就算不討贍養費，她也有一定的積蓄，日子還過得下去。乾脆收拾行李自己搬出公寓吧，或者只要那間公寓就好。反正有藥劑師執照，走到哪都不怕餓死。自己在藥局服務多年，也沒必要因為離婚就辭職不幹。

昨日還滿心絕望，今天就化爲了希望。才三十歲，未來還大有可爲。

今天同樣有賓客前來致意，只是人潮沒有昨天那麼誇張。到了下午，大嫂拿了外送的便當來給千惠子，態度戒慎恐懼。

「千惠子啊，第二次的火祭妳不用參加沒關係。爸也說了，妳還有工作要處理就直接回去吧。」

大嫂坐在樓梯附近，擺好便當和茶具。

「不介意我在這裡一起吃吧？」

「歡迎，一起用餐吧。」

大嫂小口吃著便當，似乎不太有食欲。吃到一半，她語重心長地說：

「千惠子，妳眞是善良。」

「是嗎？可惜我沒生小孩，也沒顧好自己的丈夫，稱不上好女人吧。」

大嫂放下筷子，拿出手帕拭淚。

「這一家的男人都是牛脾氣，他們表面上沒低頭，其實內心都很過意不去，請妳原諒他們吧。」

「昨天吵得很凶嗎？我爺爺也是牛脾氣啊。」

「牛脾氣？妳爺爺嗎？」

大嫂泡著茶，哭腫的雙眼倦怠地望著倉庫的天花板。

「妳有一個好爺爺啊。昨天的景象，我看了都心疼。」

「一定吵很凶對吧？」

「沒有，他放下身段對我們家的人低頭，還說孫女有什麼不周到的地方一定會改，只求阿邦不要跟妳離婚，讓你們長相廝守。講到後來他都哭了呢。」

「爺爺他竟然……」

「講白了，任誰都看得出來是阿邦有錯，大家也不敢多說什麼。可是也因爲這樣，沒有人吭聲，場面鬧得更僵。我眞是很過意不去。妳爺爺一直哀求他們到早上，最後甚至還放聲大哭，懇請他們答應這唯一的要求，並且保證以後絕不會再來找麻煩。我們家的人實在冷血又無恥，連我自己都看不下去了。」

千惠子緊閉雙眼，喝著熱茶。

「爺爺他有喝酒嗎？」

「沒有，妳爺爺說他不能喝酒，是不是身體不好啊？看他氣色也不太好——我說千惠子啊，這種結果妳眞的能接受嗎？我是覺得太不合情理了。」

「無所謂，我過去也是一個人走過來的，能跟喜歡的人一起生活六年，這樣就夠了。」

大嫂又默默哭了一會，突然想到一件事情：

「今晚我們會在岸邊放水燈，留下來看看吧，還有煙火呢。」

「放水燈？」

「送走祖先的一種儀式，東京沒有嗎？」

千惠子打算回程之前去見識一下，說不定還有機會碰到爺爺。

放水燈是這一帶流傳已久的盂蘭盆會儀式。

千惠子記得丈夫說過，從河口放出的大量水燈隨波逐流，無數火光飄向彼岸淨土的光景很夢幻。

臨行前，千惠子向夫家的人一一拜別，敢正眼看她的只有故人的照片。照片中的老爺子臉上堆滿了福氣的笑容，跟爺爺形成一種對比。千惠子雙手合十，對著照片掩面哭泣。反正這是最後一次丟人了，她不在乎眾人的視線，放聲哭泣。

也不知道是不是夫家交代的，大嫂獨自拿著水燈，跟千惠子一同前往岸邊。岸邊有一間小茶鋪，千惠子和大嫂在那裡喝著不冰的啤酒。水上的小筏射出煙火，照亮一望無際的黑夜。

「現在講這種話，也許千惠子妳聽了會不高興——不過，我認爲這種結果比較好。我們家那口子，還有阿邦和他爸，都是一個樣。其實我挺羨慕妳的。」

千惠子穿過河口的人群，將水燈放在河面上，同時摘下戒指放到水燈裡。

「我們大概也沒機會見面了。妳還年輕，希望妳能找到好對象啊，千惠子。」

水燈的火光照亮大嫂的臉龐，看上去好漂亮。

之後，二人在岸邊漫步，欣賞隨波逐流的水燈。後方有小艇開來，追趕四散的水燈。

「放水燈不能汙染海洋，所以會全部集中到海口回收，像在騙小孩子一樣。」

千惠子倒有不一樣的想法。追逐火光的小艇漸行漸遠，千惠子看到祖父坐在船頭上，身上還披著以前做工穿的外套。

「爺爺！」

千惠子來到水邊墊起腳尖大喊，水波打濕了她的雙腳。

祖父仰望夜空的煙火，對著一閃即逝的絢麗煙花拍手叫好，爺孫倆以前一起去隅田川觀賞煙火大會時也是這樣。

「爺爺，我在這裡！」

璀璨的煙火此起彼落，祖父對著夜空發出輕快的吆喝聲，沒有聽到孫女的呼喚。

祖父始終沒變，參加祭典和煙火大會都像個孩子一樣。

千惠子還記得祖父的分趾鞋，鞋底總是白花花的。

爺孫倆一起去澡堂的時候，祖父不會遮掩身上嚇人的刺青，他的毛巾永遠是拿來遮掩戰爭時受傷的左肩。而且祖父會盤腿坐在地板上，幫千惠子洗腳趾縫和耳朵後面，幾乎要洗到千惠子發疼才會停。

祖父喝到酩酊大醉回家，隔天也一定比千惠子早起，替千惠子準備便當。因此，千惠子在高中畢業之前，從來不用啃麵包充飢。

千惠子曾經勸祖父，來學校的時候穿一雙乾淨的分趾鞋。之後學校舉辦運動會，祖父眞的換了一雙乾淨的分趾鞋來。

高中畢業典禮那一天，祖父在校門口大喊萬歲，慶賀千惠子畢業。千惠子考上大學的那一天，祖父騎著自行車在鎮上分享自己的喜悅。

果然，爺爺最棒了。

「爺爺！爺爺，我在這裡啦！」

海面映照著煙火的斑斕色彩，祖父沒有回頭，隨著無數的故人一同遠去。

千惠子雙腳泡在水裡，心中有種想生小孩的衝動。

祖父的脖子上掛著一條毛巾，最終連那條毛巾都消失在黑夜中了。而那一股衝動，猶如一把火焰自心底噴發。

乘　車　券

1995-11-30　　18:35　發車

前往 ▶

窩囊的聖誕老人

3號車5排A座　　JR-KIHA12

柏木三太獲判緩起訴，在平安夜當天被放出來了。

這當然不是檢察官興之所至，對他大發慈悲。而是年關將近，公家機關再過幾天就要放假了，辦他這種微不足道的小混混，純粹是增添獄政機構的壓力。

母親來當他的保證人，身上清潔工的衣服都還沒換下來，坐在看守室的鐵椅上。

三太看了有點心痛，母親倒是習以爲常了。一看到自己兒子出來，母親就當著看守的面訓斥兒子，那是罵給看守聽的。

這不成材的窩囊廢，都三十多歲大男人了，還給警察添麻煩。眞該讓你進去關個一、兩年好好沉澱一下。幹壞事都高不成低不就，連監獄都不收你。唉唉，丟人吶……

三太還未成年的時候，母親還會苦口婆心訓斥他。等他成年以後，就只是做做樣子罵一下罷了。

値班的刑警苦笑道：

「今天是平安夜，也是三太每年最忙的時候。您說是吧，老太太。」

母親似乎聽不懂這句嘲諷的話。光是今年三太就被那位保安科的刑警抓了三次，母親還對刑警低頭致歉。

「不敢不敢，今天我會直接拎他回家，逼他一整晚唸經悔過。承蒙各位寬恕，我絕不會讓他聖誕節去拉客。」

那些看守聽了哈哈大笑。

「不是啦，老媽。人家警察大人不是這個意思。」

刑警幫三太解下手銬，三太摸摸自己的手腕，一臉煩悶地看著母親。

「咦？啥意思啊？」

「人家開我玩笑，說我是聖誕老人，聖誕節一定很忙碌的意思啦。」（編按：三太的日文發音「さんた」和聖誕老人「サンタ」相同。）

「……啊啊，原來喔。哈哈，是這麼回事啊。」

保安科刑警和拉皮條的小混混，就好像一年到頭在玩貓捉老鼠一樣。被逮到現行犯，了不起就是關個一、兩晚。這一次會搞到由檢察官發落，其實是非常罕見的例子。或許檢警也想教訓他一下吧，誰叫他今年被抓第三次了。

「總之，我們警察年底也是很忙的。拜託行行好，新年期間彼此都好好放個假吧。你說如何啊，聖誕老人？」

「警察大人，你這樣說我很難回答耶。我被抓也不是自願的，我們這行幹久了，走在路上客人都會跑來找我們聊天，聊個柏青哥就被當現行犯抓，也太慘了吧？」

母親一掌往他腦袋巴下去。

「你還強詞奪理啊，蠢材。好了，該回去了。不好意思，勞煩各位關照了。我以後一定不會讓他再幹壞事，我保證。」

母親腰板都還沒打直，刑警就離開看守室了。

離開警署大門，三太直喊好冷，一把拉緊身上的皮夾克。

腳邊吹來銀杏的枯葉。

「你一直待在有暖氣的地方，出來很難受吧？拿去。」

母親把自己的圍巾套在三太的脖子上。上面有一股膏藥的味道，但三太也不好意思拒絕母親的好意。

「去吃點熱的東西吧？」

「不用啦。我剛在裡面吃過便當了。老媽，妳還沒吃喔？」

「不然，買幾個熱呼呼的包子吧。」

從繁華的中華街走回公寓要不了多久，不用擔心包子冷掉。三太在獄中只有牆壁可看，現在外面一堆五光十色的霓虹燈，讓他眼睛很不舒服。

「眞受不了，聖誕節有什麼好慶祝的啊？逛個街還要放閃光是怎樣。」

母親抓著三太的臂膀，走入中華街的人潮當中。

「啊啊，眞爽。」

「你舒服啥啊？」

「媽你不懂啦，我在裡面都只能坐硬地板，有機會散步很舒服啊。」

「是喔……我倒想問問你，你連聖誕節都找不到人陪你喔？」

「也不是沒有，我這十年來都在女人堆裡打滾的。」

「那你趕快娶個媳婦回來啊，媽跟你保證，絕對不會說三道四。你快點成家立業，我就去你大哥那了。」

「妳要讓媳婦當保證人就對了？哼，這如意算盤打不響啦，其他女人碰到這種事一定會嚇跑的。」

母親嘆了一口氣，三太聞到了大蒜味。

感覺母親變得更矮小了。三太望著母親，照理說母親還不到駝背的年紀啊。

「老媽，找個時間去理容院吧，妳這樣看起來很老氣耶。」

「等明天領薪水啦。」

巷弄裡的包子店總是大排長龍，店頭裝潢是喜氣的紅色和金色，播放聖誕歌曲顯得很不搭調。

「還平安夜、聖善夜咧，無聊透頂，聖誕節有啥好慶祝的？」

母親先去排隊了，體格嬌小的母親穿得單薄，看她縮著身子的模樣，三太都覺得冷了。母親穿著很像小學生的運動鞋，不斷踱步取暖。

三太蹲在路旁抽菸，想起他在拘留所認識的某個男子。

「平安夜、聖善夜……」

三太哼著聖誕歌，不懂自己為何會想起那個人。

那個人叫北川，年紀四十歲左右，就是一個不起眼的電鍍工人。

三太與沖沖地離開牢房時，北川待在房內的鐵窗旁邊，凝視外頭自由世界的光芒，口中哼著聖誕歌。

「黑暗中、光華射……」

三太向獄友道別，北川也只是望了他一眼，繼續出神唱著聖誕歌。

北川怎麼看都不像壞人。

警方懷疑他盜賣工廠用的貴金屬，這可是竊盜罪。

不過，北川沒有深入談過自己的案情。首先他講話很笨拙，又沒想到案子這麼嚴重，嚇到連開脫之詞都想不出來。

因此，北川也成了獄中常客嘲笑的對象。

再者，北川只是暫時安置在那間拘留所，真正辦他案子的是不同轄區的警署。

警方要偵訊北川的時候，會派縣警本部的刑警開車載人。傍晚回來的時候，北川被綁得像馬戲團裡的猴子一樣，腰上繫著繩索，雙手也被上銬。

有一次，某個古道熱腸的流氓關心他的案情。

「北川啊，你那件案子有多少共犯？」

北川仰望天花板，屈指算數：

「呃，好像有七個吧……」

要眞有這麼多共犯，那可是大規模的盜賣案件。可是仔細想一想，那些偷雞摸狗的同伴應該稱不上共犯。一開始大概是有工人偷偷帶走一些貴金屬盜賣，其他工人有樣學樣，也不認爲自己在犯罪。與其說他們是共謀，不如說是手腳不乾淨的壞習慣吧。

「你們所有人盜賣了多少貴金屬？」

「呃……刑警說，我們盜賣的貴金屬價值一億日元，我根本沒概念啊。」

「那你咧？」

「我怎麼了……？」

「七個人盜賣了一億日元，你也該分到一千萬以上吧。」

北川激動地否認，神情也很惶恐：

「我差不多賣了二、三十萬吧？記不得了。」

同房的其他壞蛋都笑了。

「我說北川啊，你只盜賣二、三十萬，而且又是初犯，怎麼會被起訴啊？那些當官的也沒這麼狠吧。你這一個沒弄好，可是會被判刑的耶。」

扒竊入獄的老頭歪著嘴唇，悄悄對三太說：

「……還眞是典型的倒楣鬼啊，前因後果你都看懂了吧？」

三太點點頭。案子是縣警本部偵辦的，收購的主嫌和其他盜賣的犯人都關在那裡。共犯不可能全都關在一起，肯定是分開關押。最晚被抓的北川，才會安置在其他地方。

通常有多名共犯的情況下，先被逮捕的罪犯反而比較有利。因爲損害金額是自行陳述，警方又依逮捕的先後順序製作筆錄，所以越晚被抓的犯人，越容易被當成首惡。

尤其年底犯罪事件大增，檢警和律師也非常忙碌，偵訊時更沒心情聽嫌犯解釋。

「唉。膽子小，不懂法律，腦袋跟口才又不好，下場也注定了吧。律師大概也是公家機關派的老屁股，然後不明不白就被送去黑羽或靜岡，關個兩年半左右。可憐蟲吶。」

扒竊入獄的老頭暗自竊笑，也不是眞的同情北川。

對話暫告一段落，北川抱住膝頭，望著窗外寒冷的天空。

「北兄，你家在哪啊？」

三太隨口問了一個問題，也沒其他用意。

「我住磯子的港灣住宅區。我父親去世前，是碼頭的扛包工人。」

「你有家人嗎？」

「我母親，還有老婆和兩個女兒，女兒讀小六和小三。」

之後，北川聊起了自己的女兒。

「照著聖母也照著聖嬰——」

中華街的霓虹燈依舊刺眼，三太抬起頭，看到母親拿著錢包，佇立在蒸氣之中。

「老媽，多買一些吧，我看買十個左右。」

「多買十個？買這麼多幹麼？」

「政哥有來探望我，回程時我順便去看他一下。」

三太拿了一張皺巴巴的千元鈔給母親，母親皺起眉頭說：

「你要去事務所？你想回禮我可以理解啦，但我勸你最好不要再跟他扯上關係，你今天才放出來耶。」

「不行，做人要顧人情義理。老闆娘，再多買十個豬肉包，還有炸丸子。幫我們分開包好。」

母親站在蒸氣中，嘆了一口白茫茫的氣。

「唉，眞搞不懂你到底是黑道還是白道……」

三太在石川町的車站口，和母親道別。

「聽好囉，三太。阿政邀你打麻將或喝酒，你都不能去知道嗎？今天是聖誕節，我會煮好料的等你回來。答應我，要馬上回來喔。」

母親在熙來攘往的人潮中被推擠，仍堅持目送三太，久久不肯離去。

電車裡一大堆情侶，三太思考著自己到底要幹麼。他說要去高島町的事務所拜訪政哥是謊話，但他更不敢相信，自己竟然要去磯子的港灣住宅區。

幹完這件事就好好休息吧，反正新年期間元町和伊勢佐木町都是攜家帶眷的遊客，皮條客也拉不到生意。老媽說她明天領薪水，好好巴結一下，也許討得到錢去打柏青哥。

三太來到磯子的車站前，花光身上所有的錢買了一個玩偶。那是一隻比人還大的史努比玩偶，怎麼看都不像是一般的市售品。

他在付錢的時候，心裡想的是，留下這筆錢的話根本不需要向母親討錢。然而，米老鼠實在太小隻了，他無論如何都想買大隻的史努比。

店員們有說有笑，在史努比的脖子上繫一條緞帶，充當包裝。緞帶打成的領結足足有向日葵那麼大。

「小姐，我的包子快冷掉了，麻煩妳們動作快點。」

史努比的耳朵和其中一隻腳上，也繫上了紅色的緞帶。看起來是比較像禮物了，問題是這麼大的玩偶要怎麼帶到港灣住宅區呢。

「不好意思，玩偶幫我綁在背上好嗎？就像背嬰兒那樣。」

所有的店員和客人都笑了。三太丟臉丟大了，偏偏又想不到更好的方法。看著自己在玻璃窗上滑稽的倒影，三太有點後悔，好歹應該用緞帶以外的線材來綁玩偶。

平安夜人潮擁擠，三太走在路上，路人都被他的模樣嚇到。

「呃，包子給老太婆吃，史努比給小鬼頭玩……」

三太屈指算著要送禮的對象，這才發現自己忘了北川還有老婆。

他從沒有送過女人禮物，只好用買玩偶剩下的零錢，買了一株白色的仙客來盆栽。買花怪不好意思的，但女人都喜歡花朵吧。

三太把冷掉的包子放進懷裡，凍僵的手掌提著仙客來盆栽，背上還背著一隻超大的史努比玩偶。路過的行人都對他喝采，駕駛則對他按喇叭。

港灣住宅區是一片老舊的集合式住宅，和紅磚倉庫相距不遠。多年來一直有人提議改建成高樓住宅，但居民多半是老人和眷屬，所以條件始終談不攏。

三太沿著運河前進，誤打誤撞走進了老舊的住宅區裡。四層樓的老公寓外圍落滿了乾枯的樹葉，都是高大粗壯的老銀杏落下的。

三太怯生生地前往派出所，詢問北川家的住址。年輕的警察一看到三太的模樣就笑了，壓根沒有懷疑他的意圖。

這一整片住宅區蓋得跟骨牌一樣工整，北川家就在正對堤防的頭一棟公寓裡。

「我想想喔，他家住在十一號公寓，要從中間的樓梯爬上四樓……」

三太反覆背誦自己問到的資訊，他還先爬到堤防上瞧個仔細。

接下來的事太需要勇氣了。要不乾脆當一個名符其實的聖誕老人，跑去人家家裡祝賀聖誕快樂？不行，三太沒有駕著雪橇和麋鹿，衣服也不是紅色的。他看上去就是一個小混混，突然闖進人家家裡，滿屋子女人和小孩肯定會嚇到。

三太猶豫了好久，從海面上吹來的濕冷寒風不斷推搡他，他才走下堤防。

他爬上公寓中間的樓梯，背在身上的史努比還有手上的盆栽，著實消耗他的體力。包子也變得像石頭一樣又冷又硬了。

三太來到其中一扇房門前，打了個寒顫。房門凹凸不平，上面還塗了好幾層漆。他望著北川家的門牌自問，難不成那傢伙注定被抓去關兩年半，連轉圜的餘地都沒有？

三太拉皮條一年被抓好幾次，卻從來不用站上法庭。北川只是盜賣了一點原料就要關好幾年，未免太可憐了。況且，三太也跟北川一樣，膽子小，不懂法律，腦袋跟口才又不好，但兩人的下場卻是天壤之別。

三太實在沒有勇氣敲門。

他開始思考，北川非法賺來的二、三十萬元，都拿去做什麼了？想必是拿去貼補家用，買小孩子的文具，給老婆和老母親買一些內衣褲或保暖衣物吧。轉念及此，三太難得良心發現，竟然站在人家門前哭了起來。

三太好自責，爲什麼剛才在車站和母親道別時，沒有把圍巾還給她呢？

母親只穿著單薄的清潔工制服，站在車站出入口不肯離去。他想起母親脖子上連一點保暖的東西都沒有。

昏暗的海面上又吹來一陣寒風，又冷又心虛的三太差點漏尿。

「請問您哪裡找？」

門內傳來女人的問話聲。三太趕緊撕開胸前的緞帶，放下那一隻史努比玩偶，連同包子和盆栽一起放好，轉頭衝下狹窄的樓梯。

樓上傳來開門的聲音，三太接著聽到女人家的驚呼，還有小孩子的歡呼聲。

「哇啊！是聖誕老人，聖誕老人來我們家了！」

三太躲進陰影之中，仰望四樓的樓梯間。

「聖誕老人，謝謝你！」

聽到小女孩興奮又高亢的嗓音，三太開心地衝上堤防。

天上也下起了雪。

燈火通明的貨船上，持續鳴放著慶祝聖誕節的汽笛聲。

公寓的樓梯間，冒出兩個女孩的小腦袋。

三太多次想說出心底話，話才剛到嘴邊又吞了回去。

我不是聖誕老人啦。妳們老爸很掛念妳們，才拜託我來探望一下。不用去理會周遭的閒言閒語，放心吧，太太，妳老公很快就會回來了。

事先想好的話沒有一個字說得出口，最後三太鼓起勇氣，大喊一聲：

「聖誕快樂！」

話一說完，三太難爲情地跑走了。

港灣迴盪著貨船的汽笛聲，蒼茫的白雪蓋過了漆黑的夜空。

該不會眞正的聖誕老人，駕著麋鹿和雪橇現身了吧？三太一路奔跑，一顆心依舊掛念著北川一家。

乘 車 券

1995-11-30　　18:35 發車

前往 ▶ 獵戶座的邀約

3號車5排A座　　JR-KIHA12

貴客鈞鑒

又到了櫻花含苞待放的季節，不曉得各位是否康健如昔？冒昧打擾，萬分抱歉。本店獵戶座自昭和二十五年（一九五〇年）營業至今，近半個世紀深受西陣居民厚愛。可惜無以為報，就要在今年春天歇業了。

因此，本店將舉辦歇業感恩活動，詳情請參照信上的活動簡介。還望各位在百忙之中抽空賞光。又，在地的老主顧或許已經知道了，本店店主抱病在身，目前不克營業，感恩活動也將以一日為限，敬請見諒。

京都市上京區千本金出川路口東南角

西陣獵戶座　仙波留吉

仙波豐代

1

良枝久別故鄉，卻收到了故鄉寄來的一封信。信中附的兩張票券，還參考西陣當地華美的刺繡來做圖樣。

「所以咧？」

三好祐次用手指推推鏡框，反問了一句：

「這還用問？我的意思是……」

良枝話說到一半，改嘆一口氣，轉頭望向春光明媚的窗外。

祐次有點嫉妒，因爲良枝的側臉比他印象中漂亮多了，應該不是另有對象的關係吧？一定是春天的關係，春暖花開的季節，女人都會變得比較漂亮。

「不是要我跟妳一起去吧？」

窗外的摩天樓一棟比一棟高。良枝不再望著窗外，她大概以爲祐次拒絕了吧，眼神十分哀傷。

他們已經分居兩年了，一開始雙方只是賭氣，但日子一久，感情也逐漸淡化疏離。弄到後來，每個月只會象徵性地共進一次午餐。

吃飯地點一律選在辦公大樓最上層的美食街，在這裡吃飯一定會被同事看到。

三好部長經常和太太一起共進午餐，這樣的美談已經傳得人盡皆知。

公司就要被美國企業整併了，祐次總覺得自己是刻意在公司內製造家庭圓滿的假象。他不敢否認有這樣的念頭，畢竟家庭圓滿也是保障前途的一大關鍵。

「所以不行嗎？」

良枝喝了一口咖啡，鮮紅的唇色吸引了祐次的目光。

「沒有，我不是這個意思。是我對妳提出了過分的要求，我會盡可能達成妳的心願。我只覺得有點突然罷了。」

當初景氣正好的時候，祐次在都心買了公寓。但他萬萬沒想到，這麼一個舉動會害家庭分崩離析。沒多久景氣由盛轉衰，緊接而來的是沉重的貸款壓力。

祐次單獨搬到新公寓，除了通勤方便外也沒有其他正當理由。嚴格講起來，這也是意氣用事罷了。這棟公寓是他負責的開發案蓋起來的，結果他優先買下房子，對自己的公司和老婆都不好交代。

一個人住久了，祐次也養起了小三。夫妻經過一番爭執後，良枝打算離婚，祐次懇求良枝給他一條活路。四十多歲正好是打拚的關鍵時期，剛升上部長就離婚會影響前途。應該說，在一家徹底美國化的大型開發商任職，這絕對是致命的缺失。夫妻失和的消息一旦傳出去，祐次保證會被下放海外分店。即使上司肯關照他，也免不了發配邊疆。反正，未來注定完蛋。

「是獵戶座寄來的啊……那間店還沒倒才神奇。眞令人懷念。」

「所以啊。」良枝探出身子，一股陌生的香水味撲鼻而來，祐次不由得拉開距離。

「我們又還沒有離婚，找其他人一起去也很奇怪。仙波老闆和婆婆看到我們一起回去，也會很高興吧。」

「去見仙波老闆和婆婆沒問題，但我不想看到其他人耶，這封邀請函應該寄給很多人吧？」

「有什麼關係啦，我們現在的狀況又沒人知道。阿祐，你回想一下仙波老闆和婆婆。西陣本來有三十多家電影院，幾乎全部倒光了，他們一直堅持到最後。人家就要結束營業了，哪有裝死不去的道理？」

良枝以京都女子特有的強硬口吻，逼迫祐次做決定。

「話是這麼說沒錯啦，但我們多久沒回去了？」

兩人同時掐指計算時間，祐次來到東京就讀大學差不多是三十年前的事。良枝的家人收掉紡織生意，舉家搬往東京也超過二十年了。

「阿祐，你不是回去過幾次？」

「這講法不太對，那時候妳還在京都，所以算起來我也二十多年沒回去了。」

用「回去」這個字眼本身就錯了。祐次的母親去世了，大哥一家人也搬到大阪生活，從那以後祐次就沒回去過自己的故鄉。

祐次的父親本來是綢緞的圖樣繪師，父親死後他們就跟人租房子，講白了也不是眞的在當地扎根。祐次去京都出差過很多次，就是沒回去過西陣那個舉目無親的地方。

「我怕見到妳的親戚，我們這種狀況很尷尬啊。」

「說是親戚，也就剩一些堂兄妹而已，又沒必要去拜訪他們。」

「電影院就在他們家附近，妳總不能過門不入吧？萬一剛好在獵戶座碰面怎麼辦？」

「我保證，不會給你添麻煩。」

良枝年過四十，或許也思鄉心切吧。祐次可以理解她的心情，誰不想回去自己的故鄉看一看呢。再者，她也想跟那些久沒見面的親戚，交流一下彼此的近況吧？

「我也知道，現在才說要回去很奇怪啦。」

良枝一臉寂寞地喃喃自語。

祐次不清楚良枝的父親爲何要拋棄故鄉。那位老丈人一直到死前都在抱怨，綾羅綢緞已經賣不下去了。換句話說，他們以前經濟應該出了很大的問題，不得不跟所有的親戚斷絕往來吧。

這一對捨棄故鄉的男女，舉辦婚禮時都沒有找京都的親友參加。良枝的父親去世時，葬禮會場上也聽不到一句京都方言。

良枝的老家本來是小有名氣的織布坊，跟祐次家不一樣，因此在西陣當地還有一些認識的親友才對。這種思鄉的念頭，事到如今也只是徒增痛苦吧。

「怎麼不邀妳那個住橫濱的大姊？」

「我媽知道了一定不開心，她連往事都不想提起。你也替人家想一下好嗎，人家可是拋棄了兄弟姊妹和親戚，連自家的祖墳都不要了耶。」

良枝的姊姊是祐次的國中同學，後來在橫濱成家立業。有一次良枝的姊姊拜訪祐次，請他幫忙介紹打工的機會。想必那時候他們一家人在東京無依無靠，才會抱著病急亂投醫的心情找上祐次吧。

祐次念及過去的情誼，去他們家幫了不少忙，也認識了小自己五歲的良枝。兩個人都以為自己找到合適的另一半，相戀沒幾年就結婚了。

「我不去掃墓喔，這種沒意義的事我不幹。」

「所以你願意陪我去？」

良枝像個少女一樣開心。

祐次愣愣地吐著煙圈，眺望底下蒼茫的春季景致。

西陣獵戶座，一家開在千本大道上的小戲院，由仙波夫婦共同操持經營。祐次回憶起那個記憶中的小戲院。

小的時候，那一帶還是京都首屈一指的繁華街。從千本金出川路口一直到丸太町，短短一公里路就開了不少戲院和餐飲店。織布坊的女工和工匠下班後都去那裡，一到晚上便熱鬧非凡。

過去西陣那一帶被稱爲「京極」，如今四條河原町的「新京極」更爲有名。不曉得現在西陣變成什麼樣了。

祐次和良枝各有拋棄故鄉的理由，說不定以前的舊識也有離開的理由，就算回去也看不到熟面孔了吧。

從這個角度來看，獵戶座一直撐到今天簡直是奇蹟。

祐次送良枝前往車站的地下道入口。

「你安排好就打電話給我，當天來回也沒關係。」

「當天來回？這不是理所當然的嗎？」

話一說出口，祐次才後悔說出這麼冷淡的話。

照理說，他們沒有一起回故鄉的理由。良枝有了新對象，又拿到了不愁吃穿的生活費，至少她沒有理由才對。

「阿祐——」

人潮推擠著良枝，但她依舊回過頭來問了一句：

「我該怎麼做才好？」

祐次沒有答話，轉身就走。他一直忘不掉良枝剛才的表情，宛如一個迷路又不知所措的孩子。

故鄉都拋棄這麼久了，現在回去又能改變什麼？更何況，他們夫妻的感情幾乎比蜘蛛絲還要淡薄了，一起沉溺在感傷的回憶中，夫妻關係也不可能復原。

祐次站在建築物的天井下方，抬頭看著明媚的春光自高空灑落。

獵戶座是不是依舊在當地，保持著原有的風采呢？

祐次想要去見識一下。

2

「玄關有白色的磁磚，左右兩邊分別是出入口，中間則是賣票的圓形窗口，裡面還有剪票的員工——」

良枝在新幹線的包廂裡攤開記事本，開心地畫著獵戶座的情景。

「妳記得眞清楚，我都忘光光了——對了，獵戶座是鋼筋水泥建築嗎？」

「不是啦，是木造的雙層建築，只不過牆面有裝修過，從正面看很像水泥建築罷了。你看，就像這樣。」

「啊，對吼。然後上面還有許多明星的肖像畫對吧，好比赤木圭一郎、小林旭、濱田光夫、蘆川泉等人。」

祐次搶下良枝手中的原子筆，在牆上畫了幾個圓圈。

「欸，你講的是很久以前的事吧？那些都是日活電影公司的明星，獵戶座是日活電影的首輪戲院喔？」

「不是嗎？」

「我快要離開京都那時候，已經不是日活電影的首輪戲院了。因爲還有播東寶電影公司的戀愛喜劇和不少黑道電影耶。」

「眞的假的，完全不搭嘛。」

「當時電影產業已經快不行了，只播新電影根本撐不下去。所以我記得獵戶座是一次播三部懷舊片。」

過去獵戶座確實都播日活電影的新片。聽完良枝的說法，祐次才想起他離開故鄉前，獵戶座已經變成一次連播三部懷舊電影的戲院。他還記得有一次連續看了東映的三部黑道片，都要倒胃口了。

「現在回想起來，仙波老闆和婆婆也眞辛苦。你想嘛，附近的鄰居都很討厭他們。我爸還警告我，哪裡都能去，就是不能去獵戶座。」

「對了，我家人也有這樣警告我，爲什麼啊？」

「你不知道嗎？因爲仙波老闆的年紀比婆婆小很多啊。」

祐次總算想起來了。仙波留吉原本是獵戶座的電影播放技師，不料上一代館主早逝，仙波留吉就和館主的妻子好上了。

仙波老闆和婆婆的年紀差了一輪以上，也難怪愛八卦的京都人，會把婆婆說成不守婦道的女子，而仙波老闆也被當成恩將仇報的小人。

「我第一次坐新幹線的包廂耶，感覺眞不錯。可以大聲聊天，不用顧慮其他人。」

剛上車的時候，祐次有種心動的感覺。夫妻倆結婚二十年了，怎麼現在反而對妻子有一股前所未有的心動感呢？

良枝連續聊了一個小時以上，表面上很興奮，但祐次知道不是這麼一回事。他們很久沒有單獨在一起了，良枝只是害怕談起嚴肅的話題。當然，祐次也是一樣的心情。

服務生送來了咖啡。兩人往咖啡裡倒砂糖和牛奶，祐次抓住這一瞬間的沉默，問了一個他不得不釐清的問題：

「聽說，妳交男朋友了？」

良枝用湯匙攪拌咖啡，手頓時停了下來。瞧她不講話也沒笑容，顯然是默認了。

「直也打電話告訴我的，他似乎滿震驚的就是了。」

「那孩子打給你？他說了什麼？」

「他也沒講得很詳細，應該說詳情他也不清楚吧。他只跟我說，媽交了男朋友，是不是該表示一下意見？他還說那樣根本是外遇——所以，妳還讓男朋友出入家中啊？」

祐次其實沒資格生氣，不敢離婚的人是他。

良枝也明白這個道理，因此她據實以告，絲毫不覺得愧疚。

「我去超市打工，對方是超市的店員，年紀比我小。怎麼，你生氣了？」

憤怒和嫉妒的情緒，如同滿肚子吐不出來的穢物。

「也沒有，只是讓對方出入家中不太好吧。直也好歹也高一了，早就知道男女之間的情事。你們總不可能只有感情上的交流吧？」

良枝當場變臉，表情像戴上面具一樣冷硬，溫和的神態已不復見。

「當然不可能，我都四十一了，對方也有三十五歲。」

祐次和良枝怒目相視。妻子用冰冷的眼神告訴他：你沒資格對我說三道四。

「你放心吧，我沒打算跟對方結婚。應該說，我想結也沒辦法結啊。」

「我該跟妳道歉就對了？」

良枝歪著嘴唇笑了。祐次怒火中燒，但腦海中僅存的理智，讓他再次體認到良枝有多漂亮。或許，這就是女人美色的本質吧。

「你也不用道歉，我跟那個人也有不能結婚的理由。」

「什麼意思？」

「也就是說呢，他也有自己的家庭，這好像叫雙重外遇是吧。啊，不對，這連雙重外遇都稱不上，頂多算一・五重外遇吧。」

「總之，妳別讓直也看到，這我總有權利過問吧？」

「家裡沒男丁，我只是找人來幫忙打理庭院，修理一下擋雨板罷了。」

「少講一些五四三的理由，妳可以叫直也幫忙啊。」

「你在命令我？反正我也是玩玩而已。」

「鄰居會指指點點吧？」

「你搬出去以後，鄰居的指指點點比這更嚴重，我早就習慣了。至於直也，你不用擔心，我們都去旅館做愛的。」

良枝字字句句充滿惡意，祐次氣到摔湯匙。良枝的言外之意是，這一切所作所為都是在報復丈夫的不忠。

之後兩個人都不說話了。

祐次生氣歸生氣，但他好想跟良枝上床。

「對了，那個女的怎麼樣了？」

這個問題祐次很難回答，偏偏他現在又沒心力嘴硬。

「分手了啦。聽說她父母從鄉下趕來，臭罵了她一頓。她才二十六歲，仔細想想會有這種結果也不意外。」

「眞看得開呢，你不打算跟她在一起嗎？」

「我不能離婚。」

「也太冷血了。是說，看你講得好像很有道理，眞會掰呢。」

其實，這無關有沒有道理，而是祐次只剩下這個方法。他背了兩間房子的貸款，又放不下地位和出人頭地的欲望。因此說什麼都不能離婚，更不可能跟年輕女子結婚。而那個女人也不會對一個如此自私自利、又比自己大二十歲的男人死心塌地。

良枝看著祐次的表情，噗哧一笑。

「算妳贏了好嗎？」

「沒有，我不是在笑你，我只是想起仙波老闆和婆婆。看我們自己這副德行，還眞沒資格評論人家的是非。我甚至很佩服他們，不管旁人怎麼冷嘲熱諷，他們還是不離不棄，一起操持那家戲院。」

祐次轉頭望向窗外，不再看著良枝。新幹線來到靜岡一帶了吧，春季美景目不暇給，遠方還看得到一大片松林。

他不記得仙波老闆和婆婆的長相，唯獨印象十分鮮明。

印象中，仙波老闆是個沉靜寡言的人，而且充滿知性風采。當年的小孩子對電影播放技師都有一股憧憬，所以才會有那種感覺吧。這份工作應該也是從學徒幹起，就跟西陣當地的紡織工匠一樣，仙波老闆應該也沒受過正規的教育。

仙波老闆和婆婆很喜歡小孩子，二樓後方的放映室是小孩子的專用席，猜拳贏的人可以從放映室的小窗子看電影。

祐次突然提起往事，良枝也有同樣的回憶。

「我有在放映室跟妳一起看過電影。」

「對啦對啦，我記得，那是我們第一次約會是吧。」

「那時候我們幾歲啊？」

「我才小學一、二年級，你大概小六或中學一年級吧。」

「沒到中學一年級啦，升上中學就沒資格猜拳了。」

祐次又想起了一件往事。不知道爲什麼，獵戶座的兒童票非常便宜。明明播放的也不是給小孩子看的電影，但那個年代沒有電視，很多小朋友都會跑去看電影。

這麼說來，獵戶座的風評不佳，沒準是附近的同行惡意中傷吧。大多是一些對小孩子的教育有不良影響的傳聞。

「放映室的窗口很小，兩個小毛頭坐在圓板凳上，像在欣賞熱帶魚的水槽一樣。」

「聽妳講得好浪漫啊。」

夫妻倆一起生活三十多年，從來不曾想起這段回憶。

獵戶座二樓的放映室有兩個小窗子，猜拳贏的兩位小朋友，可以坐在小板凳上，從其中一個窗口看電影。那時候良枝還小，仙波老闆就站在她的旁邊操作放映器材。

祐次心想，也許仙波老闆是個很嚴謹的人。他記得放映室裡有聚光燈，仙波老闆總在光源底下進行精密的操作。

仙波老闆頭上反戴著一頂小皮帽，神情緊張地操作著機器，眼睛一直盯著投影到螢幕上的光線。

那表情很敬業，跟西陣那些紡織工匠如出一轍。

這時，良枝大叫一聲：

「啊，這裡還有一棵很大的櫻花樹。阿祐，你還記得吧。就在劇照的展示窗前面，差不多有這麼大。」

良枝在獵戶座的素描上，畫了一棵很大的櫻花樹，幾乎要貫穿獵戶座的牆面。而且磁磚上還很細心地畫上小花。

「來，我畫好了。這三十年要是都沒變，也差堪告慰了。」

京都已經是櫻花盛開的季節了吧。

3

事實上，京都沒有一個地名叫「西陣」。

小時候別人問祐次住哪裡，祐次認爲自己是西陣的小孩，二話不說就回答「西陣」。後來知道京都沒有這個地名，他的心情也很複雜。

據說，這個地名跟歷史上的應仁之亂有關，西軍的陣地就在那一帶。後來，當地受到豐臣秀吉的庇護，成爲高級綢緞的生產中心，繁榮了好長一段時間。

那麼，西陣的明確範圍在哪裡，祐次也說不出個所以然來。畢竟西陣不是實際存在的地名，他只記得一個大略的位置，小時候那裡開了不少織布坊。

算起來是堀川以西到北野天滿宮，下長者町以北到鞍馬口一帶。

考量到紡織業的興衰，老人家心目中的西陣範圍更大，年輕人則剛好相反吧。五〇年代祐次和良枝就是在當地的小巷弄打滾的，至少對他們來說，自己生長的地方差不多就是那樣的大小。

而這個廣大的紡織城鎮，中心地帶又被稱爲「京極」，也就是千本大道那片區域。那裡跟東京的淺草六區一樣，過去都開了不少戲院。祐次閉上眼睛都能想起，當年那是一個五光十色的不夜城。

黃昏時分，夫妻倆在千本金出川的路口下車，聞到了春天的味道。

「都沒變耶。」

良枝落寞地佇立街邊，喃喃自語。

「是嗎？我覺得變了很多。」

他們覺得對方說得似乎都沒錯。紡織業沒落了，過去的繁華已不復見。但失去了繁華，古風的街景依舊不變。

二人往千本大道的南邊走去。

「萬一碰到認識的，不要主動打招呼喔。」

「也是，人家有問再回話就好。」

「該講什麼妳自己掂量一下。」

「就說我跟兒時玩伴結婚了，生了一個兒子，都念高中了，是很典型的中產家庭。只可惜啊，丈夫在建設公司上班很忙，不常回家。」

「欸，別這樣。妳就說，我們在埼玉蓋了一棟房子。這位先生或太太，您知道埼玉縣的東所澤嗎？喔對了，我們在都心又買了一間公寓。哎呀，這在東京很稀鬆平常啦，目前我們過著相安無事的分居生活。」

「對啊，有夠相安無事，有夠自由的呢。」

「要在外面拈花惹草或勾搭人夫都沒顧忌。哈哈，這在東京也很常見啦。」

「……還眞的咧。」

良枝的笑容垮了下來。

「也沒那麼常見啦……」

走著走著，夫妻倆仰望西陣的天空。春天的雲彩染上夕陽的豔紅，東京可看不到這樣的天空。不對，是眞的看不到，還是從來沒有留心？

「阿祐，你說我該怎麼做才好？」

事隔二十多年，今天再一次吹到故鄉的涼風，兩個人都變得很感傷。風吹走了他們身上的堅持、虛榮、算計，讓他們變回一對單純的男女。

「我才想問妳好嗎。」

「你這樣太不負責任了，男人不做決定，這一切都無法塵埃落定。」

祐次想起了當年，他們發誓要永結同心的往事。那也是他遺忘已久的回憶。沒記錯的話，那時候他們走在神宮外苑的銀杏步道上，年僅二十歲的良枝也問了同樣的一句話：

阿祐，你說我該怎麼做才好？

當初，祐次是怎麼回答的？

結婚吧，做我的老婆，跟我在一起吧，我會讓妳幸福的——這些求婚的誓言他都忘了。唯獨可以肯定的是，他並沒有把問題丟還給良枝。

看著西陣的晚霞，祐次覺得自己真的老了。一直以來妻子都是屬於他的，如今卻被陌生的男人占有了。妻子就在那雙年輕健壯的臂膀中，變回小鳥依人的女子。

祐次認識的良枝，始終是端莊賢淑的女人。可如今，良枝嬌小的身軀和說話方式，都散發嬌豔的魅力，顯然已經不是他認識的妻子了。妻子每晚都和男人快活，而且不惜當有婦之夫的玩物。

越走天色就越昏暗，二人在夜幕的薄紗中，漸漸看到了失去已久的故鄉景致。好在沒遇到認識的人，想來那些舊識也基於不同的理由，離開了故鄉吧。

良枝一把拉住祐次的臂膀，兩個人都停下了腳步。

西陣獵戶座就在千本大道的對面，看上去竟然跟以前一模一樣。

外牆一樣很像水泥建築，通道上貼著亮白的磁磚，展示窗裡也有年代久遠的劇照。中央是圓形售票口，左右兩邊的門上有模糊的玻璃窗和黃銅手把。門是開著的，彷彿就在等他們兩個入內。

高大的櫻花樹上也開滿了櫻花。

4

「原來是枝垂櫻啊，記憶這東西眞不可靠。」

良枝站在垂落的枝條和花瓣下，看著那棵老櫻花樹。

「年輕時根本不會在意這個，我們都老了啦。」

「就當我們已經夠成熟了，懂得欣賞事物的美感吧。」

祐次心裡惦記著，獵戶座停業以後，這棵櫻花樹會怎麼處置呢？

在建設公司上班，他看過太多類似的案例了。漂亮的櫻花樹一旦碰上大樓建案，是不可能移植到其他地方的。越大的老樹移植起來就越困難，耗費的金額也很龐大。再怎麼有心的地主，頂多也只會延宕工期，最後再欣賞一眼櫻花盛開的景象。

昭和二十五年開館的戲院不可能有其他用途，一定是拆掉蓋大樓吧。這裡地段不錯，看是要蓋公寓、旅館、商業大樓都行。祐次不曉得這塊地的地權狀況，但這麼一塊好地方，不可能因爲有人反對就停止開發。

祐次反而很佩服這裡的地主，在那個地價飛漲的年代，居然沒有賣掉這塊地。

售票區旁邊擺了一塊看板，上面寫著「本日限定感恩回饋活動」。然而，四周連個人影也沒有。上映時間是六點半，就快到了，卻看不到一個客人。

售票區的圓形隔間有人站了起來，望向祐次和良枝。正是館主仙波留吉。

「欸……那是仙波老闆吧？對，一定是他。」

老闆在那裡顧守是理所當然的事，良枝卻一臉訝異，好像是意外偶遇一樣：

「你好，仙波老闆，好久不見了。」

良枝很有禮貌地鞠躬致意，仙波趕緊打開一旁的小門跑出來。

櫻花飛落在磁磚上的景象，和良枝的素描如出一轍。仙波直挺挺地站在磁磚道上，像個軍人一樣。他用手指扶著老舊的眼鏡，深深一鞠躬。

「老闆，您認得我們嗎？」

祐次走近仙波老闆，問了這麼一個問題。

「當然認得了。您是三好家的阿祐對吧，至於這位是——」

仙波講到後來有些沒自信。

「要是我認錯了先跟您道個歉，您是千壽屋的小千金是吧？呃，名字是……」

「我叫良枝，原來您還記得啊。」

「對對，良枝。令姊叫光枝，您叫良枝。感謝你們不遠千里跑來，聽說你們在東京結婚了是吧？看起來眞幸福呢。」

仙波感觸良多地看著祐次和良枝。老闆以前有這麼嬌小嗎？一頭長髮都白了，身上還穿著高領毛衣，那模樣一看就是小戲院的館主。感覺像是從某個故事裡走出來的人物，跟獵戶座的景致實在太般配了。

「哎呀，二位都長大了呢。瞧你們幸福的，有小孩嗎？」

「一個男生，已經念高中了，我們就是很典型的中產家庭。只可惜啊，丈夫在建設公司上班很忙，不常回家。」

良枝直接搬出剛才抬槓的話。語畢，夫妻倆對看一眼，都笑了。

「也沒有啦，啊就公司離家比較遠，我在都心又買了一間公寓，目前過著相安無事的分居生活。」

良枝笑笑地說下去：

「這種事在東京很常見啦，挺自由的呢。」

祐次閉嘴不敢答話，他差點就要把不該講的話說出來了。

仙波老闆愣了一會，看著這對健談的夫妻。

「這樣啊，那就好。兩個兒時玩伴能在一起，肯定很幸福吧。」

仙波老闆變得好蒼老，但祐次注意到他還戴著以前的眼鏡。黑色的粗框眼鏡，其中一邊的鉸鏈壞掉了，上面纏著厚厚的膠帶。

祐次一看到仙波老闆的眼鏡，當場熱淚盈眶。當年那副眼鏡上也纏著膠帶。

「婆婆還好嗎？」

良枝關心起婆婆。

「唉……說到這件事，最近啊，她一直住在京大醫院。我想你們也知道，老婆婆已經八十有五了。我也七十歲了，雖然還算硬朗，但這間小戲院一個人也經營不起來。我還要照顧失智的老婆婆，也眞的是沒有辦法。」

仙波一邊說明，一邊眨眼忍住淚水。

換句話說，這就是獵戶座不得不結束營業的理由。

祐次遞上自己的名片，仙波吃了一驚。

「原來……還有這樣的事。」

「怎麼了嗎？」

「眞是太巧了。其實啊，您高就的這家公司，正好是要收掉這裡的建商。」

從公司整體的規模來看，獵戶座會碰到同一家建商並不奇怪，但祐次還是很感慨。

「貴公司的京都分店就在烏丸一帶，那邊的小倉課長挺照顧我們的，您認識那位小倉課長嗎？」

祐次不認識小倉課長，他連忙解釋，以免仙波老闆誤會：

「呃，仙波老闆，這純粹是巧合。關西的業務不是我的管轄範圍，我也不認識那個叫小倉的人。今天來這裡只是私人行程。」

祐次越講越心虛，因爲他已經知道獵戶座的下場，以及被毀掉的前因後果了。

在那個地價飛漲的年代，京都分店肯定是傾全力收購各方土地。現在回過頭來看，當年的收購價格簡直到了誇張的地步，但仙波夫妻完全不爲所動，堅持經營這家小戲院。等到房地產泡沫化以後，他們也老了，不難想像京都分店會提出多麼苛刻的條件。

「我這樣自說自話都沒考慮到您的心情，眞的非常抱歉。」

祐次低頭表示歉意。

「快別這麼說，小倉課長是眞的對我們不錯。多虧有他幫忙，老婆婆的喪事也不用怕辦不成了。而且他還介紹一乘寺附近的公寓，那邊離醫院也近，我就一邊照顧老婆婆，一邊過著逍遙的日子也不錯。那好……也沒其他人來了，差不多可以開始啦。」

仙波老闆落寞地張望四周，走入昏暗的戲院內。

「仙波老闆，入場費用呢？」

良枝對著仙波老闆的背影問道。

「我怎麼好意思收入場費用呢，西陣鄉親養了我們將近五十年，以一家戲院來說，我們已經很幸運了。你們也不必在意，最後還有你們這樣的好客人來，我和這家戲院已經沒有遺憾了。眞的，只有感激而已。」

戲院內打掃得很乾淨，地毯上連一點灰塵都沒有，階梯上的黃銅止滑條，也打磨得亮晶晶的。

良枝走到樓梯間，像落地生根一樣再也動不了。

「怎麼啦，良枝小姐？」

良枝摀住嘴唇，盯著自己腳邊。過了一會總算開口：

「以前小時候，大家搶著要進放映室，就是在這裡猜拳決定的。」

小時候，良枝望著祐次的眼神好純眞。祐次想起那一天，他們猜拳贏了以後衝上樓梯的光景，一切恍如昨日。他還記得，自己牽著良枝的手爬上樓梯。

西陣的家長一再告誡孩子，不能來獵戶座。當地有三十多家戲院，但小孩子就是喜歡來這裡相聚。爲什麼呢？不是電影票便宜的關係，也不是小孩子喜歡看日活電影的青春喜劇。西陣的家長忙於傳統工藝，根本沒心力照顧小孩，獵戶座是當地小孩溫柔的避風港。

良枝一定是現在才想通這件事吧。

「獵戶座爲什麼這麼溫柔呢？」

良枝蹲下來抱住膝頭，用手指憐惜地撫摸褪色的地毯。

「我爸我媽，還有其他大人都不准我們來獵戶座。他們說這裡晦氣，不能來這種低三下四的地方，不然會被不守婦道的女人，還有忘恩負義的老闆帶壞——」

「好了，別說了，良枝。」

祐次聽不下去，開口罵人。

可是這一罵，自己也心酸了。但他心酸的理由跟良枝不太一樣。

祐次是自願拋棄故鄉的。狹窄的巷弄裡住了一堆臭脾氣的工匠，人們整天都在聊一些流言蜚語，他非常討厭這個地方。到了東京以後，就把故鄉給忘了，而且忘得一乾二淨。鄉愁跟他從來無緣。到頭來——他跟同鄉女子結縭二十多年，連這份愛也淡忘了。

這些年來他變了，但獵戶座依然在千本大道堅守下去。

「是嗎，原來大家是這麼想的啊。」

仙波老闆緩緩爬上三樓，中途回過頭來俯視二人，眼神無比哀傷。

「老闆，您不知道嗎？太傻了。」

祐次又罵了一次良枝，叫她別口無遮攔。

天花板上的小吊燈，照出了電影播放師老邁的輪廓。

「阿祐、良枝，跟你們說，只有一件事我想澄清一下。未來我也不會再多做解釋——你們信也好、不信也罷，但我敢對天發誓，絕對沒有忘恩負義。」

良枝站起身來，頗爲意外地看著仙波老闆。

「所以是怎麼一回事？」

「我年輕時就來當學徒，上一代老闆傾囊相授，把所有技術都傳給我。只可惜後來得了肺病，彌留之際，他握住我的手說，絕對不能收掉這家戲院，獵戶座一定要堅持下去。其他的戲院吶，連石原裕次郎的照片都看不到了。而且別的戲院建築偷工減料，日活電影的首輪片要是在其他戲院放映，搞不好播到一半地板就塌了。只有我們獵戶座，可以讓西陣的小孩和紡織工人，安心觀賞裕次郎和小林旭的風采。記住啊，千萬不能收掉，拜託了——師傅他是這麼交代的。」

仙波老闆從褲子的口袋裡，拿出摺疊好的小皮帽。二樓大廳空蕩蕩的，仙波老闆一步一步慢慢走向放映室，彷彿要留下自己的足跡。

「你們要在小包廂看嗎？」

「不，既然都來了，我們想在那裡看。」

祐次指著牆邊的鐵梯。

「你們要在放映室看？」

「是，我們很喜歡在那裡看戲。良枝，妳也是這麼想的吧？」

良枝低著頭走路，沒有答話，表情夾雜著疑惑。

「仙波老闆，可以請教一個問題嗎？」

「當然，請說。」

「您的意思是，您跟婆婆之間什麼都沒發生囉？」

仙波老闆笑了兩聲。

「前因後果，我不是說了嗎？」

「咦？」

「我都改姓了，也成了老婆婆的丈夫，是名正言順的夫妻啊。夫妻怎麼可能什麼都沒發生呢，這也違反自然吧。況且那時候老婆婆也還年輕嘛。好啦，我一個老人家的開場白就說到這裡，看電影吧。」

仙波老闆靈活地爬上梯子，招手歡迎二人入內，就跟當年一模一樣。

「好，要開始啦。阿祐、良枝，你們也進來吧。」

5

祐次從放映室的小窗口，俯瞰底下的觀眾席。

二樓小包廂最前面坐了一對年輕情侶，一樓也有四、五個客人分別坐在不同位子。後方死角祐次看不到，應該沒其他客人吧。過去連走道和牆邊都擠滿了人，祐次像在回憶夢境一樣，想起往日的盛況。

戲院內充滿清新的空氣。

「獵戶座有這麼小嗎？」

良枝坐在板凳上自言自語。

「不是獵戶座小，是我們長大了。」

印象中，放映室應該還要更大一點才對。

「得先跟客人打個招呼才行——」

仙波老闆清清嗓子，握住老舊的麥克風說道：

「呃嗯，今天是西陣獵戶座最終感恩活動，感謝各位蒞臨……老實說，我好希望在這間放映室裡，播電影播到生命的最後一刻。沒想到未能如願，實在對不起各位。」

仙波老闆對著銀幕，始終保持直立不動的挺拔姿勢。

「昭和二十五年四月，上一代老闆開了這家戲院。之後傳到我手上，我也努力不讓西陣的電影風氣斷絕。只不過，我真的老了，最要緊的視力也快不行了。其實，我真的想一直播電影播到死。但醫生勸我該放手了，我的老伴也不行了……」

語畢，仙波老闆像個孩子一樣，舉起手臂摀住雙眼。

「仙波老闆，加油。」

良枝站起來，輕撫仙波老闆的肩膀。

「講這些對各位來說也許沒什麼意義，但我們真的經歷了好多。我和老伴除了經營戲院以外啥也不懂，也不會其他謀生的方法。因此，我們是盡心盡力在做，貧窮的苦日子也沒少過。有時候連電影的版權金都付不出來，窮到三餐只能吃紅豆麵包。我們也想過，要學其他戲院播放成人影片，但那種電影不能給小孩子看。況且西陣的戲院是有歷史的，大家都播成人影片，豈不成了世間的笑柄？我以後死了拿什麼臉面去見上一代老闆？最後，我們還是決定咬牙苦撐，繼續播放懷舊電影……收掉獵戶座，就是放棄自己的初衷。也等於是為了生計，放棄自己熱愛的電影。身為一個男人，一個影視從業人員，這實在太可恥了，就算受盡千夫所指，我也無話可說……說了這麼多理由，真的很抱歉。最後一場電影，我一定誠心誠意為大家播放，請各位盡情觀賞。今天放的這部片，是我跟老伴結縭後，第一次在獵戶座播放的電影，對我們有很深刻的意義。老伴現在也——」

老邁的電影播放技師講到激動處，將麥克風拉開，緊咬著嘴唇哭泣。

「今天早上我去醫院，我都還沒開口，她就提起這部片。她說，這是她最喜歡的一部電影。也是我們兩個在獵戶座播放的第一部電影，聽她這麼說我好高興。片名是《幕末太陽傳》，昭和三十二年日活電影出品的。導演是川島雄三，腳本是今村昌平寫的，演員則有堺正俊、左幸子、南田洋子、石原裕次郎、蘆川泉，片長一百二十分鐘。今天眞的很感謝各位，謝謝你們來。」

樓下傳來稀疏卻眞誠的鼓掌聲。

仙波老闆先對銀幕深深一鞠躬，接著再對放映器材一鞠躬，這才伸出粗糙的拇指按下牆上的按鈕。

開幕鈴聲響起，仙波老闆重新戴好小皮帽，意味深長地看著祐次和良枝：

「不好意思，幫我按一下那邊的開關好嗎？」

祐次緩緩按下照明開關，黑暗降臨戲院之中。

「讓你們見笑了，眞是不好意思。我接下戲院這麼多年，都沒哭過呢。今天實在是有不得已的苦衷……」

祐次本想報以微笑，但仙波老闆接下來的話，讓他忘了呼吸。

仙波老闆直挺挺站在小盞聚光燈下，懷裡揣著一張照片。

「實不相瞞，我老伴今天早上去世了。所以，今天眞的是控制不住……配偶新喪，還請二位見諒啊。」

仙波老闆把照片放在放映機的鏡頭旁邊。

「辛苦啦，老伴。一起看電影吧。」

黑暗中，投射出一道鮮明的光芒。

獵戶座前櫻花盛開，那絢麗的景象他們一輩子都忘不了。

千本大道上升起一輪明月，在黑夜中分外明亮。

祐次和良枝想去弔唁婆婆，但仙波老闆笑著婉拒了。

「多謝啊，其實你們肯來就已經是最好的弔唁了。整間戲院充當棺木，還有盛開的櫻花美景，已經很幸福啦。」

良枝望著飄散的櫻花，感觸良多。

「婆婆，妳眞幸福，眞的好幸福。」

祐次不動聲色咬住牙關，他聽懂了這句話的意思。

夫妻倆等著計程車，再一次望向落櫻繽紛的白色外牆。

「這部片很不錯吧？雖然川島雄三和堺正俊都去世了，但他們眞是天才啊——對了，你們今天就要回東京了嗎？」

他們已經訂好最後一班列車的車票了。

「工作忙，今天就得回去了。改天有機會我們再來。」

「這樣啊。不過，沒有獵戶座，我就只是一個隨處可見的老頭，見了也沒意義。所以，就此別過吧。」

仙波老闆面帶笑容，招手攔下計程車：

「二位，再見啦。看你們倆一表人才出人頭地，想必也有自己的困難吧，好生珍重啊。今天眞的謝謝你們。」

計程車開在千本大道上，後方的獵戶座猶如舊時代的幻影。仙波老闆就站在獵戶座的滿天花雨中鞠躬道別，久久不肯離去。

良枝看著故鄉的風景一幕幕飛逝，突然用鄉音問了一個問題，彷彿在唱著自己遺忘已久的歌謠：

「阿祐，你說我該怎麼做才好？」

良枝摀住嘴唇，似乎不敢相信自己會有這種反應。

「罷了。」祐次叫住司機。

「不好意思啊，司機先生。請你在丸太町左轉，開往蹴上的旅館。今天好累，咱不回東京了。」

烏雲蔽月，西陣下起了春雨。

妻子點了點頭，祐次凝視著妻子的側臉，決定明天帶她一起在雨中散步。

後記

奇蹟的故事

淺田次郎

〈鐵道員〉是我的第一部短篇小說，於一九九七年四月出版。

按照慣例，作者必須用一句話來表達單行本的故事內容。這部作品的初版，在書腰上有這麼一句話：

發生在你我身上的溫柔奇蹟。

意思是，這是一本以「奇蹟」爲主題的短篇集。

這樣講聽起來有點害臊，但我認爲這句話說得非常好。希望各位讀完這八個故事，內心也能出現一點小小的奇蹟。

我不相信敬神拜佛的功德和利益，凡是科學無法說明的事情我一概不信，好比占卜、命運、靈異事件等等。太過實際不是一個小說家該有的特質，但我就是太想成為小說家，才會走上不信神佛的人生路，這也無可奈何。

然而，我相信真摯的苦思和努力不懈，可以帶來奇蹟。至少，我相信「奇蹟般的結局」是真的存在。

不管從哪個角度來看，我這個人都沒有了不起的才能。所以對我來說，當上小說家本身就是一種奇蹟。就好像一個夢想飛上天空的少年，成天胡亂揮舞臂膀，結果竟然變成一隻小鳥。

我知道這種內在的奇蹟，會發生在每個人身上。

一九九四年我開始寫《蒼穹之昴》這部長篇小說，耗時一年半左右。

一完稿我就急著寫出大量的短篇作品，這種觀念跟我以前在自衛隊服役的經歷有關。換句話說，軍人在完成某一階段的訓練後，身上特定的部位會獲得強化。與此同時，也會有某部位的肌肉退化。因此，要補其不足才能保持整體的戰力。

我花了好一段時間寫長篇小說，遺忘了寫短篇小說所需的犀利觀點，以及言簡意賅的寫作能力。我必須聚焦在明確的思想和主題上。

打個簡單的比方，跑完馬拉松體態鬆弛了，現在要改練短跑把肌肉練回來。

九月我一寫完長篇，立刻寫了兩部短篇，發表在集英社和文藝春秋的文學雜誌上。也就是本書中收錄的〈鐵道員〉和〈惡魔〉。

過去我一直認為自己適合寫長篇小說，幾乎沒有寫過短篇小說。當我把那兩部短篇小說交給編輯以後，心情就像短跑選手緊張地關注著賽跑成績。

挑戰短篇小說既是一種鍛鍊，也是在考驗我自己的寫作天賦。

把兩部短篇小說交給責編的那一天，對我來說比等待直木獎的評審結果還要漫長，那天我真的很憂鬱。

幸得兩家出版社的厚愛，兩部短篇同時在《小說Subaru》和《ALL讀物》的一九九五年十一月號刊載出來。

〈鐵道員〉和〈惡魔〉是同一個時期的作品，風格卻截然不同。

〈鐵道員〉是從第三者的角度來寫，而且用各種對話描述了許多細節。

〈惡魔〉比較像是第一人稱的私小說，屬於相對冷硬又平鋪直述的故事類型。

我刻意運用兩種不同的寫作手法。也就是說，我不知道自己到底擅長什麼，乾脆嘗試兩種對照性的方法。

現在回過頭來看這兩部作品，我覺得當時的自己實在傻得可愛。

四十二歲的我跟十九歲的我幾乎沒差別，就好像深夜飆快車的大卡車駕駛，只想著怎麼樣才能開快一點。

〈情書〉是參考我身旁的眞實故事寫成的，過去我也經歷過一段荒唐的歲月。俗話說，事實比小說更加離奇，那篇故事眞的就是這樣。那次寫作經驗也讓我深刻體認到，小說題材不是自己求來的，而是老天爺給的。我的人生走了不少冤枉路，也多虧走過那些路，才寫得出這樣的故事。這是〈情書〉帶給我的體悟。

〈老街區〉寫的是我深惡痛絕的童年經歷。當然，情節多少有修改過，但大部分都是實際發生過的事。

那時候我直木獎落選了，情緒也跌到谷底，偏偏小說雜誌的截稿期限又要到了，我就跟編輯哭訴，自己只寫得出這種難堪的小說。不過，事後同樣回過頭來看，那個故事眞的只有在當初那種情境下，才寫得出來。換句話說，《蒼穹之昴》沒有落選直木獎的話，我永遠不會寫出〈老街區〉這樣的故事。

當初我眞的是被逼急了，非得寫一些平常不敢寫的東西才行。

〈伽羅〉這個故事是用來紀念我的前半生。我在時裝界打滾了好一段時間，有空就寫一些不賣座的小說。現在我去街上，逛女性時裝店的次數反而比去書店還要多。平常走在路上我會端詳女性，並不是有什麼不軌的企圖，純粹是長年來養成了觀察流行趨勢的習慣。

〈盂蘭盆會〉開頭的第一句話，我自己每次讀都會情緒激昂。〈惡魔〉和〈老街區〉也有夾雜我個人的經歷，那些經歷總結起來，就是〈盂蘭盆會〉開頭的第一句話。

故事的最後，千惠子突然有一股想生小孩的衝動，猶如一把火焰自心底噴發。其實這也是我持續寫小說的原動力。

〈窩囊的聖誕老人〉則隱藏著不爲人知的祕密。

我在寫短篇小說的時候，一直想在故事中留下我最眞實的樣貌。這種心情，有點類似米開朗基羅在西斯汀禮拜堂留下自畫像一樣。各位讀者可能會感到很意外，但認識我的人看到這一篇的主角柏木三太，肯定會噴笑吧，因爲那根本就是我啊。

〈獵戶座的邀約〉應該是最有我個人風格的小說吧。

我還記得這篇故事寫起來很順，幾乎不需要思考。應該說我很適合寫這種故事，簡直是拿手絕活吧。要是有陌生的外國人問我寫作的風格，我大概會用這部短篇充當自介的名片。

這部短篇集《鐵道員》是不是跟書腰上說的一樣，在各位心中引發了奇蹟，老實說我也不得而知。

不過可以肯定的是，對於把小說家當成畢生志願的我來說，這部作品確實帶來了奇蹟。

希望有一天，我也能像故事中的老站長一樣，在倒下來的最後一刻，依舊堅守自己的崗位。

Eurasian Publishing Group
圓神出版事業機構
用心與你對話・視野無限寬廣
圓神出版社
Eurasian Press
www.booklife.com.tw
reader@mail.eurasian.com.tw
小說緣廊 027
鐵道員【直木獎名作・淺田次郎經典新譯】
作　　者／淺田次郎
譯　　者／葉廷昭
發 行 人／簡志忠
出 版 者／圓神出版社有限公司
地　　址／臺北市南京東路四段50號6樓之1
電　　話／（02）2579-6600・2579-8800・2570-3939
傳　　真／（02）2579-0338・2577-3220・2570-3636
副 社 長／陳秋月
書系主編／李宛蓁
責任編輯／李宛蓁
校　　對／胡靜佳・李宛蓁
美術編輯／蔡惠如
行銷企畫／陳禹伶・蔡謹竹
印務統籌／劉鳳剛・高榮祥
監　　印／高榮祥
排　　版／莊寶鈴
經 銷 商／叩應股份有限公司
郵撥帳號／18707239
法律顧問／圓神出版事業機構法律顧問　蕭雄淋律師
印　　刷／祥峰印刷廠
2023年6月　初版
2023年6月　2刷

定價 380 元　　ISBN 978-986-133-878-1　

大部分員警做的都是無人聞問的幕後工作，
沒有上帝的權柄。
然而他們也有屬於自己的驕傲。

——橫山秀夫《64》

國家圖書館出版品預行編目資料

鐵道員 / 淺田次郎著；葉廷昭譯. -- 初版. -- 臺北市：圓神出版社有限公司, 2023.06
304 面；14.8×20.8公分 --（小說緣廊；27）
譯自：鉄道員（ぽっぽや）
ISBN 978-986-133-878-1（平裝）

861.57 112006031